堅強是你說了一輩子的謊

艾莉——文

有隻兔子——圖

悅知文化

序

還給自己脆弱的勇氣

堅強是你說了一輩子的謊
事到如今 早已動彈不得
你熟練到所有人都信以為真
連自己也跟著受騙

這個謊言的一開始 只是你不想輸
最後卻落得體無完膚
你希望多說個幾次 就能弄假成真
你真的沒事
你真的很好

你的堅強常常不知輕重毫不留情
捨得讓自己傷了又傷

沒有人才是醒過 可以停下來
勉為甚難 只能繼續逞強

堅強這樣的事最好一輩子都不要懂得
不知閃躲 會潛入底部
累積成難以戒除的壞習慣
來到人生的下半場 我已經敢於表現脆弱

願你有一天 也能別再好強
把脆弱的勇氣還給自己

艾莉♡

目錄

01_

大人好難　像個孩子吧

02 —

有些相遇就是拿來錯過的

目錄

03 _
放棄只是做了另一種選擇

04 _

等你決定喜歡你自己

目錄

01

大人好難
像個孩子吧

不論是子女父母朋友
每個相對應的角色皆是如此

當然還一個更難操作的人設
那就是　「大人」

我們都是在當了大人之後

才知道該怎麼當個大人的

沒有所謂「合格大人使用說明書」

我們無法在每一次發生問題時

找到最正確的方式修正

更不會有人公布標準答案來解除疑惑

昨夜的你分明還只是個孩子

　　天才一亮就被歸類成大人

人們在你面前不再假裝溫柔良善

他們撕裂你的天真　踐踏你的良知

堅強的大人不是不會悲傷和掉淚

而是他身後毫無退路
必須獨自面對人生所有爲難

你過得好嗎？

差點脫口說出最近過得真的很不好

好想聽到他說…

沒關係的　不管你決定怎麼做

都沒關係的　不會有事　我會在

最後還是什麼都沒說
把心事通通收好一個人安安靜靜地回家

我們一直誤解成為眞正大人的定義
忙著滿足別人對自己的期望，放棄會讓自己快樂的選擇

就算那樣的你總是被說太幼稚

就算那樣的你在他們眼中永遠長不大

不管他們怎麼想
保有心中的快樂孩子才是最該做到的重要大事

夠善良的人並不需要總是退讓
夠體貼的人也無須一再付出
心胸寬大更不表示要原諒那些
刻意找上門來挑釁的惡意

一直努力是想要
對得起自己

被人喜歡或被人討厭總是不講邏輯的,甚至也無法努力爭取,更糟的是,很多時候越是努力付出反而會越惹人討厭。

一個夠努力的人不見得會被喜歡,更有可能會是在團體中最被討厭、排擠的對象。**不是每個人都會感激你的努力,你的努力可能對比出別人的懶散,或者你根本努力錯了方向。**
輕輕鬆鬆過日子就好,你卻偏偏要拼盡全力。
掌握方法就能輕易做好,你卻常常耗盡精力。
原來,這個世界跟小時候聽說的很不一樣,**不是努力了就會有人欣賞,你的努力都像是在越幫越忙。**
你在十字路口徬徨,不明白自己該去的方向。
成年人的為難總是被若無其事包裝,你在無趣如常的每一天裡繼續緩步前行,假裝毫髮無傷地思考著未來。

努力不是爲了讓別人對你改觀
努力是爲了以後對自己更加喜歡

人生如此漫長，我們在過去、現在，甚至未來，都可能
會因為一切太不可預測而猶豫不決，在必須做出抉擇的
路口之前停下腳步。

每一個未知的前方都很像會成功的捷徑，而不論走往哪
一個方向都沒有人可以有真正的把握。

沒有人可以代替你過日子，人生的選擇當然也都要靠自
己鼓起全部的勇氣去面對。

**人在徬徨無助的時候，最怕的，不是後來的你發現當初
走錯了路，而是當時的自己不願意面對選擇的為難，連
路都不願意踏上。**

**這是你自己的人生，你不為難，誰又最該被刁難；你不
勇敢，誰又能為你挺身而出。正是在乎才覺得選擇太
難，因為太想要幸福才不知道該拿未來怎麼辦。**

人生的每一次選擇都是帶著所有的勇敢負重前行，只要願意誠實面對自己的軟弱，捨得對自己痛下最大的狠心，不論決定是什麼都不會是錯誤的選擇、更沒有走偏的道路，那些成功之前的挫敗都是抵達對的方向之前必須的試煉。

未知的恐懼或許可以輕易恫嚇我們，而我們可以做到的就是不逃避、不退讓，給自己一次又一次繼續壯大的機會，直到有一天成為足以解決難題的高手。

人生的難題更可能隨時在你鬆懈的時候結伴出現，在它又再出現前，把自己準備成出色到足以讓難題恐懼、遲疑著要不要下手的敵人。

在深思熟慮幾番掙扎過後，我們最終當然都選擇了比較有把握的那一條路走。

現在的選擇可以左右未來的日子，**現在的你之所以拼盡全力是捨不得將來的自己吃苦，是不想要再回過頭看著今天時，悔恨自己的不夠勇敢、是不想對不起自己。**

選擇是每個人一生必須經歷過最痛苦的情緒之一，在那一段徬徨的日子裡，只能任由掙扎、茫然、無助各種負面慢慢揉進思緒中。

選擇是場賭注，賭上當時的勇氣希望得到更好的人生。

選擇更是最公平的翻身機會，每一次都有變好的可能。

或許我們都太貪心，希望未來可以更好、更接近自己想要的人生，才讓選擇難上加難。

在這之前，你必須先搞清楚自己要的是什麼，搞懂自己該往什麼樣的方向去努力。

認清自己是個什麼樣的人，比別人認為你是個什麼樣的人來得重要。

別人當然希望你簡單易懂好解決，因為他們跟那樣的你相處會比較輕鬆上手，不必小心翼翼。

偏偏你個性孤僻又難搞，難道為了讓大家都喜歡你就必須勉強改變自己嗎？

當你決定活在別人口中，日子不會過得比較輕鬆。

一旦跳出別人口中，三姑六婆諸多閒話慢走不送。

如果你聽見別人隨口一個意見都要遷就，遲早把自己逼到發作。他們只是你人生劇本裡的臨演、跑龍套的，憑什麼要求竄改主角的人設。

你當然可以光明正大活出最原本的樣子，那是你最自在的模樣。

喜歡照顧別人就坦坦蕩蕩去做，從別人開心的笑臉裡找到自己的快樂。想幫助別人就不要計較得失，調適心態準備承受好心幫忙，最後會被當作理所應該時的失落。

即使是不想刻意討好任何人的個性，這樣的坦率也該要可以被接受，讓他以最真實的樣子活著。

努力不是為了讓別人對你改觀，努力是為了以後對自己更加喜歡。

我們努力著讓自己日復強大到不能被輕易撼動，讓那些閒話再也傷不了自己。

討厭你的人不會輕易改變，曾經喜歡你的卻隨時可能變成怎樣都看你不順眼。

就算是這樣，讓別人喜歡顯然不是我們最該努力的目標，討好別人讓他喜歡自己這樣的事就算努力了，結果也不見得會如同預期，你最該努力的只有讓自己一天一天越變越好這件事而已。

當你一直努力讓自己更接近幸福，會更加不擔心喜歡或討厭自己的人變少或增多，因為那時候的你已經是自己最喜歡、最自在的樣子。

當你決定活在別人口中

日子不會過得比較輕鬆

一旦跳出別人口中

三姑六婆諸多閒話慢走不送

大人使用說明書

幾年前有一句相當流行的廣告詞：「我是在當爸爸之後，才知道怎麼當爸爸的。」感動了許多人，卻也真實道出了每個人的窘境。

因為人生只有一回，很多角色我們自然也都是初次遭遇、初次擔任。

不論是子女、父母、朋友，舉凡人生中每段關係、每個相對應的角色皆是如此，當然還有一個對每個人來說更加難操作的人設，那就是：「大人」。

我們都是在當了大人之後，才知道該怎麼當個大人的。就算分明一點都不想長大，就算寧願自己可以一直當個孩子。

更糟糕的是，在成為一個真正大人該有的樣子之前，每個人都在邊犯著錯邊試著學會，很多人即使花上一輩子的時間也很可能始終沒學會。

先顧全自己的情緒不是自私
不需要用無止盡的犧牲奉獻來證明自己的善良

沒有人細心地挨家挨戶發送百來頁的「合格大人使用說明書」，更不會有一份詳細列出的驗收清單。

我們無法在每一次發生問題時，快速找到最正確的方式修正，更不會有人熱心公布標準答案來幫忙破除每一次的茫然。

老是感覺自己面對大人這個身分格格不入，卻也回不到孩子的角色，幾乎就要在這人世間跟自己走散。

你好不容易勉強理出讓身邊的人都滿意，更是自己能接受的準則，然而，那些一件又一件發生在眼前的偏差價值觀，卻每每讓你瞠目結舌。

壞事做盡的人總是過上好日子，厚顏無恥居然成了一門顯學，許多人趨之若鶩。

這個世界到底怎麼一回事，小時候聽說的美好境界根本是刻意用來哄騙我們的虛幻影片，經不起現實的推擠轉

瞬間就全然崩塌。

昨夜的你分明還只是個孩子，可天才一亮就被歸類成大人了。

人們在你面前已然不再假裝溫柔良善，不再用美麗空泛的謊言保護你、他們撕裂你的天真，踐踏你的良知，因為你已經跟他們是同一個世界的人，毫無例外必須一起承擔後果。

見到醜惡是日常，哭喊著追討天真是妄想，你的善良更別想完好如初地退場。

長大後的我們不再容易快樂了，是因為懂了**所有看起來毫不費力的大人不過是個拼盡全力的孩子。**

總覺得年味淡了，那是因為我們不再是置身事外的孩子，為了過這個年，你數不清加了多少班、挨了多少次罵、低聲下氣認錯了幾回，才換來足以讓長輩們揚眉吐氣的滿手紅包回家過年。

小時候的假期想的是瘋狂玩樂，現在的假期想的是下一個月的帳單。夢想被生活碾壓得不成樣，更別提理想中的大人模樣。

堅強的大人不是不會悲傷、不是不想掉淚，而是他身後毫無退路，必須獨自面對人生所有為難。

每天都在練習掛上一個足以讓人放心的微笑，好在面對

所有關心時能粉墨登場。在自己也成為了大人之後，才知道原來那些每天都揚著一張笑臉的大人不代表就過得好，那只是不想讓別人擔心的偽裝。

原來當一個大人跟以前想像的很不一樣，要做到帥氣瀟灑自由自在得先花上很大的力氣，不管你有多努力都不可能輕易成功。

大人應該要做到的事都不是容易的，大人的生活裡沒有容易兩個字。

大人的生活裡有太多心事根本說不出口，親如家人的朋友卻具備最神秘的能力，即使遠在天邊、好久沒有聯絡，但總會在你過得不是那麼好的時候，突然出現並關心起你來。

再成熟的大人都藏著說不出口的脆弱心事，每次差點就要脫口說出最近過得真的很不好，很想跟從前一樣不顧顏面地痛哭流涕，把心事通通說給他聽。

只想聽到朋友說：「沒關係的，不管你決定怎麼做，都沒關係的，不會有事的，我會在。」

但你終究還是太過懂事，深怕他會太擔心自己，最後什麼也沒說，把心事通通收拾好，然後一個人安安靜靜的回家。

大人的世界裡固然沒有容易二字，你卻可以選擇簡單。

在拼盡全力後，你終於可以理直氣壯選擇簡單的快樂。

簡單往往也是最困難，困難的原因在於你得先放下那些別人口中的「應該」與「不應該」，不強迫自己符合那些所謂成功的標準，只為了抵達別人口中那個合格的終點。

我們無法評斷別人的言行卻可以規範自己，無法獨力改變世界，那就努力讓自己不要被世界改變。

不要拿別人的尺來丈量自己的成就，那是一直以來我們遲遲快樂不起來的主因。

我們一直誤解了成為一個真正大人的定義，忙著滿足別人對自己的期望，放棄會讓自己快樂的選擇。

那些所謂夠成熟大人的標準，不管是要夠善良、體貼、寬大為懷，一旦覺得要做到那些標準會讓你不快樂那就不要做。

夠善良的人並不需要總是退讓，夠體貼的人也無須一再付出，心胸寬大更不表示要原諒那些刻意找上門來挑釁的惡意。

先顧全自己的情緒不是自私，不需要用無止盡的犧牲奉獻來證明自己的善良。

不必成為別人眼中夠成熟、成功的大人，只要成為自己心中快樂的孩子就好了。

就算那樣的你總是被說太幼稚，就算那樣的你在他們眼中永遠長不大，不管他們怎麼說怎麼想，保有自己心中那個快樂的孩子才是你最該做到的重要大事。

日久藏不住壞心

在職場裡最耗費心力的往往不是要會做事，而是必須要會做人。

不管在社會打滾了多少年，你始終無法好好學會該依循的規矩，你曾經決定獨善其身只做好分內的事，遠離那些紛紛擾擾的無謂交際。

只是最近發生了一些事讓你相當過意不去，雖然那個狀況在這職場裡早已不是什麼新鮮事，許多無辜的人因為一個人積年累月日益猖狂的囂張而受罪。

夜深人靜想到此事，讓你久久無法平靜。

你問我，長期冷眼旁觀職場這些妖魔鬼怪日漸猖獗，知情不報的你算不算是共犯？眾人的默許是不是壯大這些妖魔鬼怪的養分？

以往總是以不道人長短來安撫自己的你，這次找不到充足的理由說服自己，心情很難平復。

**學會妥協不是要你改變初心
成爲連自己都嫌棄的樣子**

你要知道職場原本就是個殘酷的大人世界，在這樣的世界裡，利害關係是最高遵循法則，他們要的不是好人好事代表，他們要的是可以牟取最大利益的人。

就算這樣蠻橫的人壞事幹盡，只要可以把漂亮的報表交到老闆眼前，那些骯髒、難以入眼的勾當，高層自然也會視而不見他的不擇手段。

你可以選擇不同流合汙，不讓自己變成跋扈的壞人，但別妄想他會轉性變好。
你可以堅守底線不與他狼狽為奸，別讓自己的情緒持續消耗在與惡人交手上。
你認定的壞人除了本質就壞到底之外可能也有他的不得已，你當然不必同理他的逼不得已，但也別奢望他理解你的道德觀。

你們原本就是兩個不同世界的人，各自以自己的本領在職場上打拼、求生存，你瞧不起他的處心積慮、更瞠目結舌他的厚臉皮，他也可能嗤之以鼻你的是非標準，嘲笑你不知變通，根本應該被這個世界淘汰。

在不同的場合準確切換適當的心態是你可以為自己做的最正確的事，身在職場就只能用隨時會鬥到你死我活的價值觀考慮所有狀況。

你不能用交朋友的心態去對同事掏心掏肺，大多只會得到狼心狗肺。

你不能拿非黑即白的標準去裁定每個決定，現實世界太多灰色地帶。

一旦切換失誤、錯了頻，只會搞得自己萬分沮喪，更會被無情嘲笑你還太嫩。

你說，你不喜歡這樣的自己，就像是一直以來看不慣那種狡猾醜惡。

並不是成為一個成功的人就必須要如此卑劣，但是在真正可以不動聲色輕易左右世界之前，很多時候我們都必須先學會「妥協」這個難以下嚥的課題。

什麼叫學會妥協，學會妥協是你明白虛與委蛇是人際往來的其中一種樣貌，就算聽著對方鬼話連篇也要讓自己

禮貌應對。

學會妥協是要你懂得一味的堅持只會累壞自己，避免不了烏雲罩頂時就找到地方躲雨，順勢一併避開駭人的雷雨交加。

就算學會了妥協還是可以踩穩底線，朝著你想去的前方努力。

只是在抵達之前，筆直的康莊大道並不是你唯一的選擇，更多時候，蜿蜒曲折的山路是要帶你見識彩蝶滿谷，是要讓你收穫只懂得埋頭苦幹時錯失的美景。

學會妥協不是要你改變初心成為連自己都嫌棄的樣子，妥協是為了避免衝突靜待最佳時機，在可以用上力的時候一舉達陣。

你說嚥不下這一口氣，眼看那麼多善良的人都被他牽連，他還裝腔作勢表示自己多過意不去，那樣虛偽的嘴臉實在令人作嘔。

人與人之間的相遇能不能挺得過時間，看的就是相處。

時間會讓你看清一個人是不是值得繼續留在身邊，當初你跟他也曾經是可以同桌共餐的朋友，只是**日久不只見人心，日久也藏不住壞心。**

再擅長偽裝的人總會鬆懈，他不可能一直扮演不是真正的自己，在露出真面目時沒有人抗拒、甘於順從，他就會放心讓最惡毒的樣子出來見人，大膽盡情使壞。

被縱容了太久，他如今光明正大的幹盡壞事，還一派問心無愧，你只能眼看周遭的同事受盡拖累始終過意不去，腦海中難免會浮現「自己是幫兇」的念頭。

但你已經盡力了，在事情失去控制之前你早已多次提出過警告。

能做的你都已經做了，不要拿別人的崩壞來責備自己。

是個性與選擇造就了人生，每個被壞事連累的人在一開始都是有選擇的，只要當初對惡意稍微容忍退讓，就必須承受緊接而來無盡的凌虐。

除非有一天當事人終於存夠了勇氣想要起身反抗，你不僅僅該為他搖旗吶喊助陣，更會願意助他一臂之力。

你看不慣老是有人太過善良反被利用，那是因為你也是一樣的人，才會看懂了善良。

在職場如此多年，經歷過了這麼多回陰險拙劣的攻擊，你一次次在眾人眼前面不改色收拾好傷口，依然讓自己繼續善良，就算是要反擊也留給人退路不改初衷。

不管遭遇怎樣的惡意中傷，在挺身反擊之餘依然秉持善意不落井下石，那就是你始終能一眼就認出善良模樣的原因。

再好說話也該有底線，不先尊重自己就等著被人吃乾抹淨。人生很貴，不要讓愛佔便宜的人一直浪費；人生很貴，不要被得寸進尺的人平白消費。
他的使壞狡詐就留在他的人生劇場裡盡情展演，你要做的是好好回到自己的人生把日子過好，在哪天老天爺終於出手收拾他時再來幫忙用力喝采。

好人緣不代表
好人生

朋友是除了家人之外，人生裡重要的存在，而朋友人數的多寡並不代表你是個夠好或太壞的人。

我見過太多人緣好的人時常疲於奔命，所有的時間都忙著想盡辦法幫誰的忙或趕赴哪場聚會。

將別人的日常組裝成他的人生，參與別人的人生是他最大的活力來源。

這沒有什麼對錯，每個人的人生重點原本就不盡相同，只要這樣的奔波與忙碌讓他快樂滿足，那也是另一種成就感的來源。

只是這樣看起來人緣好的人，也容易幫自己製造出這樣的難題：

拒絕不了任何聚會的邀約或是感到為難的請託。

人是會累的，偶爾想放空卻還是要逼著自己合群，應該是這類人最大的難處。

你終於釋懷不是每個人都適合當朋友
不必強迫自己跟每個人打好關係
那只會打壞你的生活

人是會長大的，一旦年紀漸長，難免會想要有些轉變，也許可以試著讓自己慢慢轉變成勇於「假性絕交」的個性，讓一些不值得花時間相處的人不著痕跡地淡出自己的人生。

朋友形成的原因很多，淡去的原因更多。

「假性絕交」是指當生活圈不再有交集，以前讓你們自然而然就會聚集在一起的因素也都消失，這時候「假性絕交」自然就會發生。

仔細想想我們這一生中認識的人難以估計，如果要強行留住全部的人際關係，花心思、時間去經營，那會佔去多少時間與心力，真的有必要嗎？真的值得嗎？

曾經擁有過的友情隨著往來不再頻繁，逐漸淡去是人之常情，實在沒有必要為此傷心甚至難過。

「道不同不相為謀」聽起來也許很傷感情，但你不傷這段感情就會傷了自己的心情。

日復一日勉強自己參加一些無聊的聚會，花時間與精力跟一些泛泛之交相處，這樣的次數一多真的容易讓人懷疑人生，還不如舒舒服服待在家，好好過自己的日子。

或許是明白了來日過上一天就少一天，沒有什麼方長的時間可以耗在不值得的人身上，年紀越大會越敢於缺席一些不必到場的聚會。

有些朋友不必勉強往來一輩子，曾經有美好的過去就夠了，刻意維繫反而容易患得患失。

有些朋友沒有刻意經營就往來了一輩子，這正是你選擇來的家人，千萬不能輕易放過他們。

每個人都有自己的個性與興趣，如果你們的友情是建立在一定的利害關係、需要賣力拉攏，這樣的往來也未免太讓人筋疲力竭。

一旦利害關係解除後，這段交情自然就會煙消雲散，這其實是大人世界裡的常態，也是學著放過自己最該做到的事。

再說，並不是所有的人對待友誼都可以無私大方，難免會在彼此之間產生比較的心態，人心難測你也許夠豁達，卻無法保證對方不會在意。

背叛這樣的事不只會發生在愛情裡，暗地搞鬼、幸災樂禍在我們認定的朋友裡也很常見，他出手暗算你其中荒謬的動機只是因為一種病態的想法：

「你這麼優秀，別人會怎麼看我。」

你這麼優秀顯得我多沒用，你這麼優秀別人會覺得我只是你的應聲蟲，你這麼優秀只會更加凸顯我有多麼平凡無能。

身為朋友不以你的成就為榮，只懂得眼紅、嫉妒你。

就算是一路看著你如何辛苦走來，也無法打從心裡認同你夠努力，一昧斷定你只是夠好運。

因為自卑無法衷心祝賀你的成功，他只擔心別人會因為你的成功而看出自己根本沒你的本事。

人生中的挫折與打擊在一開始總是讓人難以承受，在難受之餘仔細想想在那其中往往都帶著一些道理，企圖要教會我們些什麼。

好好的一段友誼就這樣毀了當然令人難受，無法光明正大享受努力後的成果也讓人苦悶，但也會讓你明白，有些人當不成朋友正是你人生中最出乎意料的慶幸。

對他而言，你的成就都像是在炫耀，你的所有言行都刺眼難耐，無法衷心替你開心的人，實在無需多耗費心力再與他交際。

正因為這樣壞事的發生，才能讓你順理成章放下這樣虛偽的友誼。

那些百般誤解你的、聽不進任何解釋的、把流言蜚語當作真相的，都不是真正認識你的人，這樣不堪一擊的交情根本算不上是朋友。

在經歷過夠多來自友情的傷害後，你終於釋懷不是每個人都適合當朋友，不必強迫自己跟每個人打好關係，那只會打壞你的生活。

你也終於能夠懂得有夠好的人緣並不代表就會擁有夠好的人生。

人生的好壞取決在自己的每個決定與處世心態，而不是交由你認識了誰、你是誰的朋友來決定的。

人與人相處每一分每一秒都是種測試，在過程中發生的每一次衝突或是觀念不合都是在告訴你，你們只是彼此人生的過客，不適合當朋友真的無需強求。

至於最難釐清的親屬關係，也只能派出人生最高境界的點頭放空微笑來超渡了。

我們每個人都一樣，年紀越大只會越加堅信自己的價值觀與判斷，講白一點就是會越來越固執、許多觀念只會越來越根深蒂固難以改變。

面對無法接受的人事物只會想要離得夠遠，別來打擾我的歲月靜好，何苦還要勉強自己跟三觀不合的人繼續往來，只為了朋友名單要夠長夠漂亮呢？

無論如何都無法溝通的、再怎麼嘗試都還是有心結的、隔閡根本無力化解的那些人，與其苦苦糾纏彼此還不如相忘於江湖、淡出彼此的人生。

誰也不用費心取悅對方，各過各的好日子，就此過完一輩子遙遠祝福彼此就足矣。

堅強不是必要的人設

妳為什麼叫「艾莉」？

毫無意外，新認識的朋友總會問起我這個問題。

跟我年代相近的朋友大多可以一下子就猜到是因為《Ally McBeal艾莉的異想世界》這部當年紅遍了全世界的影集。

《Ally McBeal艾莉的異想世界》的故事背景是在一家律師事務所，持平來說，主角Ally情路坎坷很大的原因在於她自己，神經質的個性總有許多突如其來的幻想，又加上太容易挑出約會對象讓她看不順眼的毛病，總在約會過後提不起興趣再跟對方繼續費心相處。

她毫不掩飾喜怒哀樂的個性、有著許多無法輕易妥協但旁人無法理解的堅持，像極了這世間一直找不到「對的人」的男男女女，自然引發眾多共鳴。

這影集那時在當紅之際找來了Robert Downey Jr.參與

接受自己可以脆弱　接受脆弱不是缺點
正視自己不必完美無缺　無堅不摧

演出，那是他還不叫「鋼鐵人」的年代，年輕的他當時是在劇中是迷人的Larry，是Ally跟所有影迷都一度以為終於遇見的「對的人」。

雖然拿了主角的名字來當筆名，但我最喜歡的並不是女主角，而是劇中另一個酷帥的女律師Nelle。Nelle是個能力很強又迷人的女人，卻偏偏愛上了一個別人眼中的怪胎——同一個律師事務所裡的John。

只敢偷偷喜歡著Nelle卻完全不敢接近她的John，突如其來被這樣的美女主動示好根本不敢相信。

他不懂自己有哪裡值得被她愛，也總是在意別人眼中的他們是美女野獸配。

他再三猶豫一退再退，Nelle不氣不餒持續逼進，兩個人就這樣僵持了好一段時間。有天，Nelle再度被John曖昧不明的態度給重重傷害，哭了一整晚。隔天，她用

黑色彩妝幫自己哭腫的美麗雙眼戴上一副墨鏡，向全世界宣示自己的堅強，並用開朗裝飾自己的傷口。

她依舊灑脫的面對眾人，展現一貫俐落的工作能力處理繁雜的日常。

到現在都還記得，看著她化上熊貓眼出現在辦公室揚起最迷人的笑容時，那一幕讓我泣不成聲。

人天生同情弱者，相較於愛逞強，被同情活得當然會比較輕鬆。

誰不想跟女主角Ally一樣，成天把脆弱跟傷口辦成華麗的展演，敲鑼打鼓宣傳自己的不幸，沿街叫賣自己需要愛情，自然會引來大把的疼惜與憐愛。

像Ally這樣的人才是最能在弱肉強食的世界，站穩一席之地的人。

因為她懂得大方展現自己的脆弱以吸引別人的注意，心裡明白脆弱不是自己的弱點，懂得反轉善用讓它成為強力賣點。

像Ally這樣擅長展現脆弱的人，對於人際關係的掌握大多相當游刃有餘，別人在跟他相處時會感覺特別輕鬆不太有壓力，更不必時時提心吊膽顧慮會得罪他。

這樣的人體貼之處在於，留給別人可以脆弱的機會，讓其他人知道原來自己也一樣可以表現脆弱是沒有關係

的。原來適度地表現脆弱不會讓人討厭、更不會造成別人困擾。

但，像Nelle這樣好強要面子的人就是做不到，他做不到讓別人看見自己的脆弱，做不到輕易說出自己受了傷也很疼這樣示弱的話。

他老是錯以為脆弱會是自己的瑕疵，會是被人攻擊最明顯的標的。

可能是不確定會不會有人在乎，可能是不習慣被人看得太過仔細，更大的可能是不習慣讓別人替自己擔心。

脆弱，對他來說不只是暴露自己的不足，更像是企圖討好別人的表現。

這樣好強的人總是用堅強的濾鏡把自己套牢，不讓自己學會依靠，逞強的壞習慣怎樣都戒不掉。

年代久遠我早忘了到最後Nelle情歸何處，現在只想對像Nelle一樣好強的你說：

脆弱不是不應該表現出來，而是要找到真正在乎的人。

要找到那個讓你願意放心表現脆弱的人，他會收下你的脆弱並且不覺得厭煩。

更重要的是你必須願意坦然面對自己的脆弱，這是學會跟自己相處很重要的一步。

接受自己可以脆弱、接受脆弱不是缺點，正視自己不必
完美無缺、無堅不摧。

脆弱不是一種選擇，堅強更不是必要的人設，而你最該
明白的是，我們每個人都能夠堅強並脆弱的活著。

脆弱不是一種選擇

堅強更不是必要的人設

而你最該明白的是

我們每個人都能夠堅強並脆弱的活著

最好的前任

說不上來為什麼有些人都已經分了手，卻還是想要在前任心中刻下自己的名字，而且刻在對方心裡伴隨著名字出現的，還非得是「他很好，是我不懂珍惜」這樣難以抹滅的印象。

說實在的，如果真覺得你很好就不會分手了，但他們不太明白這個道理總是執著自己的堅持。

說穿了，他是想要證明自己的魅力，他相信有足夠魅力的人才能在分手過後，依然讓人念念不忘。

我還以為只有餐飲服務業需要好口碑，原來有些人談起戀愛來也很重視自己的口碑。

最好的前任是老死不相往來，分手之後最好像是這輩子根本不曾相遇過，即使在街頭巧遇了，別說要相認，最好無視直接掉頭轉身離開，讓兩人之間的任何可能通通都死透。

最好的前任是老死不相往來　是不要企圖當朋友
多見一次多難受一次　人生苦短何必如此爲難自己

起心動念想結束一段感情的那一瞬間，是一個人眼睛睜得最大、看得最清楚的時候。

當初那些心動的原因當然不會說不見就不見，肯定還存在著一些。只是，一旦有了分手的念頭就會產生一股力量，驅使你拋開情感不理性的蒙蔽，看到最初周遭的朋友一再提點的，你們不應該在一起的原因。

局外人正因為夠理性沒有牽絆，看著你們的戀情總是無法明白，這個對象分明很渣，為什麼你還是不顧一切的淪陷。

完全歸咎於當下費洛蒙大爆發，混淆了判斷力並不是最好的解釋，在兩人的相處過程中，這個對象的某些言行舉止，滿足了你特定的「感情缺口」才是讓人瞬間心動的最大原因，而這樣的狀況在女性身上更加顯著。

女生很容易被對方一些細微的言行舉止打動，當他特別只為妳一個人做了什麼，或是突然霸道的命令口吻都會讓妳感覺到被關心、被重視。

尤其是在成長過程中妳曾是最被忽略的孩子，總是被要求乖巧懂事，即使受了委屈也要忍耐，老是覺得自己沒有被公平對待。

這個人出現了，不管再忙都把妳擺在第一位，明顯地取悅妳，妳說過的話他記得特別牢，妳的隨口要求他排除萬難總會做到，一旦這樣的事情頻頻發生，怎麼可能不會被感動。

光是在他心中妳是第一順位這件事就萬分難得，從小到大沒有如此被重視過的妳，現在榮登第一女主角。

所有的鎂光燈都聚集在妳身上，妳是他眼中的唯一焦點，他的眼神離不開妳，心思也只為妳專注。

被珍惜的感覺如此美好，受夠被冷落的妳當然會緊緊抓牢，妳聽不進去朋友提醒的那些不適合，盲目地以為只要有愛情就可以攜手戰勝一切。

只可惜愛戀雖然美好還是要落實到生活，當生活裡的磕磕絆絆終究磨穿了耐心、磨光了愛情，於是，妳有了一個又一個前任，有時夜半三更回想起來，居然連自己都數不清。

不要害怕去多談幾次戀愛，沒有經歷過就不會明白自己想要的愛情是什麼，那以為愛情能克服一切的天真無邪，最終也會落俗成為認清現實的能力。

妳認清的不是自己終究只能夠擁有樸實的陪伴，而是認清了什麼樣的愛情才值得給出一輩子。

妳認清了密切相處的兩個人很難避免爭吵，但爭吵過後還是肯好好面對問題，冷靜下來努力修補關係，而不是任性甩門離開、拒絕溝通，這才是一段成熟愛情該有的模樣。

談錢當然很俗氣，但不談錢最後才會最傷感情，再怎樣的浪漫絢爛都會過去，生活中的一切最終都要回歸到現實的生存問題。

親密關係中的平等與尊重是很重要的，沒有人應該永遠把妳捧成高高在上的女王，如果有人這樣做了，那是他甘願而不是他應當。

在一段關係中需要兩個都感到幸福的人，才能不知不覺走到最遠，萬一嘗試了許久怎麼溝通都沒有共識，放棄並不是什麼丟臉的事情。

兩個條件或個性夠好的人保證不了一段夠好的關係，兩個能夠替對方設想、總是記得將心比心的人，才是在這段關係中最需要的好人。

許多人在愛情中最大的挫敗是搞不清楚付出的意義，不管自己如何努力總顯得在這段愛情中格格不入，這樣的困境讓他不解，為什麼到最後所有的付出只感動了自己，對方根本一點也沒有感受。

愛一個人最對的方式，不是用自己以為夠愛他的方式去對待他，不是用你自己想要被愛的方式去對待他，你要搞懂對方渴望被愛的方式，而非盲目地付出。

你的無盡浪漫只感動了自己，那是因為對腳踏實地的她來說，不必操心明天的柴米油鹽，才能放寬心去計較怎麼跟你愛到一生一世。

愛人的方式從來沒有對錯，只有合不合對方的胃口如此而已。

沒有人希望總是用分手教會自己失去愛情原來這麼痛，可是，如果一次學不會那這樣的心痛就很可能會再多發生幾次。

最好的前任是老死不相往來、是不要企圖當朋友。多見一次多難受一次，人生苦短何必如此為難自己。

當得成朋友反而讓以前的愛都像是假的，當不成朋友更表明了我們始終忘不了過去，無法輕易釋懷。

分手過後，最好從此消失在對方的人生裡，此後你好或
不好都與我無關。

在愛之後，在恨之前，我們都要好好的過。就算以後我
的人生再也不會有你，讓我們都好好善待自己。

會撒嬌的人
真的最好命

你一定也聽過這樣一種說法「會撒嬌的人才會好命」，
坦白說，這是一句乍聽之下讓許多女生翻白眼的話。

但，不得不承認「撒嬌」這件事，一般人的預期大多是
女生會做的事，但他們不知道的是，許多女生對於「撒
嬌」這件事是很反感的，尤其是個性好強的女生。

對於一些不習慣在他人面前示弱的女生來說，撒嬌反而
成了自己最大的缺陷，是怎麼努力都做不到的事、是無
論如何都跨越不過的心理障礙。

從小到大見多了利用撒嬌得逞的各種荒唐離奇現象，讓
她們不屑撒嬌、打從心裡抗拒撒嬌，總以為撒嬌是示
弱、撒嬌就代表認輸。

偏偏太多男人很吃撒嬌這一套，在他們的認知裡，撒嬌
這樣的事要夠親密的兩個人才會發生。更多男人覺得伴
侶的撒嬌是夠愛自己的表現，更是兩人之間的情趣。

男女之間是永遠都不可能公平的
雙方硬要爭到面紅耳赤大可不必
既然撒嬌示弱是女人們的預定人設
何不順勢在該利用的時候好好善用

以心理學的角度來分析，「撒嬌」的確是在親密關係裡才會有的表現。願意對一個人撒嬌，代表你認同他對自己有一定的重要性，正因為他夠重要才會交出信任，也表示已經對他產生了強烈的依賴。

只有當你可以完全信任一個人並且總是習慣依賴他的時候，才能自然而然地想對他撒嬌。

那女人的撒嬌到底有沒有用呢？有個實驗得出的結果可以很清楚說明撒嬌的作用力：

當女人比平常更「做作」地說話時，男人會覺得她更有魅力。

因為當女人嘗試著變得性感時，她們會放慢說話的速度，增強聲音的沙啞音色，男人會感覺更加被吸引。

因此，夠聰明的女人要懂得適時的撒嬌與示弱，人生已

經這麼難，如果可以有所依靠就不必逼著自己選擇逞強。

男女之間是永遠都不可能公平的，雙方硬要爭到面紅耳赤大可不必，既然撒嬌示弱是女人們的預定人設，何不順勢在該利用的時候好好善用。

懂得借力使力讓日子過得輕鬆，是聰明的女人應該要學會的生活技能。

在學習如何撒嬌之前，當然必須先搞懂撒嬌的分寸與界線。

真正的撒嬌高手很懂得看時機也相當明白分寸，肯定明白無時無刻的撒嬌太過沉重，適得其反只會帶給人壓力，更知道做到什麼程度就應該要收手。

在生活上高明的、知所進退的撒嬌會緊緊抓住男人的心讓他更愛妳，無理的、不分場合的撒嬌只會讓人想要跟妳保持安全距離。

在職場上的撒嬌容易惹人反感，就算能夠一時得逞但肯定無法次次得手，不但摧毀自己平時的努力更會留下壞印象，就好像妳根本沒有工作能力只靠著女人本性求生存，夠聰明的妳，自然不會讓自己落到這樣的地步。

當妳懂得換一種方式適時運用示弱跟懂得求助，結果就會截然不同。

一旦發生問題，不要一昧的埋頭苦幹，要懂得向有經驗的人求助並從中學到解決的技巧。

不願開口求助一直漫無目的衝撞、屢屢犯錯還是找不到辦法解決問題，不但沒有效率更是浪費時間，還苦了自己也拖累其他工作夥伴。

這時候與其逞強還不如客氣有禮的低頭求助，讓別人心甘情願的幫忙，不僅能順利過關，工作氣氛一定也會比較好。

在兩性相處上，男人其實並不像大家想的那麼笨，過度刻意的撒嬌示弱他們也是可以分辨出來的。

如果他欣然接受妳毫無節制的撒嬌，表示這對他來說是一種肯定與享受。

他認定了妳因為信任與依賴願意在他面前示弱，這是他的愛情罩門，於是他很享受妳的撒嬌。

但這樣的好事當然有個萬變不離其宗的道理：**首先，妳必須是他的菜。**

否則對於自己不感興趣的對象，男人拒絕起來也是毫不留情的，不管是故意漏接或直接回絕都是妳可能要面對的難堪。

無法避免的是對很多女人來說，要她撒嬌，免談！她的人設頂多就是只能用逞強來包裝自己的脆弱。

夠幸運的狀況下，這樣的女人還是有機會遇見最理想化更進階版的狀況，那就是男人會在對妳夠有興趣的狀態下，在荷爾蒙的驅使下心細如髮，他能看懂妳的逞強，把逞強看成妳的示弱。

就算妳沒開口，他也會出手相救，就算妳總是習慣說不需要幫忙，他卻還是放不下妳。至於會不會被感動，當然也要取決於他是不是那個妳想被看懂、被看穿的人。

只是現在的女人大多自尊心特強，不能容許自己的脆弱輕易被人看見。我親眼見識過一個女人的演化過程，從完全不肯訴苦示弱轉變為善用自己的軟弱撒嬌，把日子過得輕鬆自在。

她是怎麼辦到的？

首先要辦到的是心態上的轉變，妳要先試著把「撒嬌」定調成一個技能，讓自己卸下過強的自尊、要肯卸下心防，讓脆弱的自己攤開在別人面前。

當然前提是這樣的人選是妳夠信任、願意依賴的對象。

一旦願意這樣做了，妳會發現，坦白反而讓自己輕鬆了不少。更重要的是，對妳來說真的省事又便利，稱得上是人生中相當划算的嘗試。

撒嬌不只是矯揉造作見人就出手這樣簡單的一件事，撒嬌的同時要有分寸並懂得收放自如。

撒嬌不是要妳分明個性不單純卻要演清純，更不是要妳分明很成熟卻要扮幼稚。撒嬌要自然否則一不小心就變成噁心，反倒讓被撒嬌的對象作嘔想逃。

撒嬌不是撒野、不是蠻橫潑辣，這樣的行為根本不會讓男人覺得心疼，只會感到厭煩。

為什麼說「會撒嬌的人最好命」呢？

因為懂得善用撒嬌的人，大多心思細膩、懂得察言觀色並且知所進退。

也就是說，會撒嬌的人通常是很聰明的，懂得把撒嬌當成一種求生技能，所以往往無所不利，自然也就會讓別人覺得這個人很好命。

高明的撒嬌也是講求邏輯與效率的，會撒嬌的女人情商高，不事事求勝懂得留餘地跟面子給別人，面對生活的為難肯定自在又駕輕就熟。

我當然明白好強的妳一時之間也很難立刻改變成撒嬌高手，那不如從把個性放軟開始練習：

保持心情愉悅、不放掉總是天真容易相信他人的個性，讓日子過得夠有趣，慢慢從掌握這些平凡細瑣的生活亮點開始，不再抗拒讓人看見自己的柔軟。

至於面對想要拿下的男人時，撒嬌的第一步可以，不動

聲色給他一個專屬於兩人獨有的暱稱，這是拉近兩人距離的致命小小心機。

接著，讓自己放心當個被他寵溺的女孩，不要擔心偶爾的任性、不講理會讓他敬而遠之。

老是太過懂事、凡事體貼而不敢麻煩他，那才是把他當外人的生疏表現。

更別忘了適時的裝傻與勇於展現天真，會讓妳的魅力破表，畢竟男人對於偶而犯傻及純真的女人完全沒有抵抗能力。

天真跟年紀無關，妳可以很懂得人情世故卻依然保有天真，不管見過多少世面依舊容易為了一點小事就開心，這些成熟女人身上無意間散發的單純性格會讓男人更加著迷。

以上細節就像是武林高手學到的江湖那一點訣，說破一點也沒價值，只是一開始的起步對許多好強的女生來說真的太難。

妳其實不必天天賣弄撒嬌，但總要試著找機會多加練習就可以熟練地知道，在什麼場合可以讓這個技能發揮最大作用，那就夠了。

保持心情愉悅

不放掉總是天真容易相信他人的個性

讓日子過得夠有趣

慢慢從掌握這些

平凡細瑣的生活亮點開始

不再抗拒讓人看見自己的柔軟

不要活在
別人的口中

長大後的自己不知道哪裡出了錯，一點也不像原本想像
中該有的帥氣模樣。早就不記得是在哪個路口不痛不癢
地把夢想搞丟、也已經忘了是在哪一次的選擇時沒心沒
肝地斷開了原則。
日子變成了過得下去就好，取代了一定要過得夠好。
你一度因為這樣沒志氣的自己，垂頭喪氣萬分沮喪。
總是計較著日子裡的那些微小幸福，一開始有點瞧不起
這樣的自己，居然變成了沒有抱負的大人。

那些尋常日子裡的微小幸福組成你的每一天，努力許久
的提案順利通過、早上喝到香醇的咖啡、平安無事沒被
找麻煩的上班日、愛人不多說卻細心做到的溫柔，還有
忙完了一天，終於回到只有自己的空間可以放肆大哭的
時候。
日常生活裡這些以前總認為沒那麼重要的瑣瑣碎碎，原

我們都很渺小卻也很逞強
明白自己沒有可以一直賴在原地不動的本錢
而驅使自己繼續往前的動力
就是那些自己最在乎的微小幸福

來正是撐住自己可以順利慢慢長大的重要成分，也是組
成現在這個不是太滿意，但勉強還是能驕傲的自己重要
的原因。

**我們都很渺小卻也很逞強，明白自己沒有可以一直賴在
原地不動的本錢，而驅使自己繼續往前的動力，就是那
些自己最在乎的微小幸福。**

我們的心都不大，僅僅能夠擁有其中一個平凡微小的幸
福，就足夠能讓人搞懂繼續前往的方向在哪裡。每一個
平凡日子裡發生的微小幸福，便足以讓人覺得生活能這
樣過下去是真的很好。

以前的心思都放在汲汲營營盤算著如何能飛黃騰達，要
怎麼再多做一點才能更接近功成名就。

對累積人脈成癮錯以為那是成功的保證，你擔心自己的
努力無法被看見，總想著藉由別人的力量搭起自己的成

就。那樣慌張的日子裡老是為了多認識誰而奔波，到最後只留下一室的寂寥。

你後來終於搞懂人生裡最重要的選項，不該是急著去攀附別人，而是好好善待自己。

你從計較自己認識了誰，到明白該好好認識的是自己。

你的人生終於可以從別人的口中畢業，不再被「我是為你好」綁架，不再拼命活成別人想要的樣子。

這一切改變的力量，都是從在乎每天發生在自己身上的微小幸福開始的。

而這股力量也正是你可以活得更加理直氣壯的原因，因為慢慢認識了自己，明白自己的想要，**就不容易被別人強加的價值觀左右。**

你心中那個一直渴望被肯定的小孩，也終於長成了懂得好好對待自己、欣賞自己的大人，雖然不安全感偶而還是會探出頭來，所幸自己已經懂得安撫的姿態。

認識自己是想要好好做自己的必修學分，做自己的前提是要先懂得尊重別人，自由自在做自己的同時，也應該帶著對得起自己的良心與負起責任待人處事。

任意胡作非為、任性橫行霸道是不負責任的胡鬧，不叫做自己。

舒服自在做自己的同時，不任意招惹別人、懂得尊重別

人的底線更是做自己的首要條件。

太多人誤以為成天喊著「做自己」就很帥氣瀟灑、就可以活得更加自由自在，其實真正的做自己之前，有一個必須先符合的首要條件：

有能力為自己做的決定負責。

人是群居的動物，從小就生活在被決定的環境，長大的過程中，我們會漸漸出現反抗意識，聽了太多的「我是為你好」難免會感到厭倦。

過往的經驗明白告訴你，「我是為你好」的背後，雖然是好意擔心你跌倒受傷，卻也同時無情折斷了你可以展翅的羽翼。

當你不能活成自己真正的樣子時，是快樂不起來的。

想活成自己想要的樣子，就必須拒絕扛著關心大旗來綁架你的所有情感。

想活成最像自己的快樂是有責任與代價的，一旦面對選擇，勢必要自己做出決定，承擔做出決定的後果、並且勇於負起責任，那是做自己應有的代價。

而隔絕在你跟真正的自己中間那個遙遠的距離，正是別人的眼光。

總是在意別人會怎麼定義自己，只會累死自己。

旁人的八卦與批評都只是一時興起，日子是自己在過

的，難過快樂都是你在承擔，丟掉那些多餘的在乎並沒有想像中困難，原來人生竟然可以如此輕鬆自在。

我們透過許多考驗慢慢認識自己，包括傷透心的分手、人生中遇見的渣人以及頻頻發生的壞事。

從一開始不能接受到後來懂得這些壞事的本身，就是一個又一個避免不了的人生關卡，正是因為你有足夠的能力處理，關卡才會橫在你面前。

也許挑戰的過程太過漫長甚至容易感到絕望，時常讓人懷疑自己是不是能夠看到出口的光。

如果眼前真的太過黑暗，那就想辦法成為自己的光，不必多麼炫目，只要能夠照亮滿目瘡痍的心，即使只是在最隱密的角落微弱的閃爍著。

有能力照亮自己的你，總有一天也會成為別人的溫暖。

你也許還不夠帥氣到能夠改變全世界，動動手指就能呼風喚雨，那也無所謂，成為偉大的人本來也不是你的人生目標。

你知道自己過得很好就夠了，不必去跟誰交代自己過得有多好。

人生不是拿來賣弄炫耀的，人生是用來讓自己過得問心無愧的。

你的人生就要活得像自己的樣子，不去模仿別人，不讓

自己活在別人的口中，更別成為以傷人為樂的人。

年紀越大，認識的人當然會跟著變多，你會更加明白真正想要留在身邊的並不多。

所謂朋友的交情不必講先來後到，經過相處這關的篩選後，該講的是值不值得保留或乾脆刪除。

你曾經過度擔心別人的眼光，現在已經能放心過自己要的人生了。我想，這才是長大後的你最想要的帥氣人生。

壞得剛剛好

人們常這樣說，喜歡的人同樣也喜歡你是這個世界上最難得的奇蹟。愛情的難以如願，每個人都曾經遇過，畢竟愛情的規則千變萬化因人而異，但其中一個不變的準則就是：

從來不是你有夠好，他就會愛上你。

看起來如此難以擁有的愛情，很多時候的發生其實都只是因為一個「剛剛好」的幸運。

你喜歡的事情他都剛剛好覺得有趣，他想做的事情你也都剛剛好願意嘗試，你們兩人之間偏偏就是有著這樣跟其他人沒有的「剛剛好」默契。

不光是興趣剛剛好接近，或是剛剛好不排斥願意配合對方，愛情自然而然的發生還要加上一個剛剛好的時機。**他的出現就是剛好，不是過早或太晚，而是剛剛好這時候的你，已經準備好要遇見他。**

那些相處之後願意爲對方做出的改變
跟誰配不配得上誰沒有關係

是這時候的你已經學會把自己照顧得很好，沒有失去誰
會不能活。
是這時候的你可以傷得起，再不擔心會不會又是一次落
空的折磨。
是這時候的你早就明白，他不見得比你有把握存心要不
識相犯錯。

在人生的道路上獨行許久的你，不停張望前方有時也會
回望來處，左顧右盼這麼多年，老是遇不見對的人。
等待的日子如此漫長又難熬，難免讓人失去耐心，你肯
定也曾經心生埋怨過：「到底是在拖拖拉拉什麼？到底
是什麼耽擱了你？又是誰拖住了你來遇見我的腳步？」
急著亂發脾氣之前，想找到可以怪罪的對象之前，你可
能忘了一個最顯而易見的加害者，這個答案多半是自
己。

是你沉溺在上一段情傷，反芻著受傷的痛楚無法自拔。
或是，在那一段不會有結果的感情裡，不甘心曾經的付
出，甚至不想當先提分手的壞人，而遲遲不願意放手。
先要有夠健康的心態，才能成就一段好的愛情。

**愛情的一開始像是高手過招，對手太弱容易生厭，對手
過強讓人疲憊。**

**一開始兩個人當然要先經過或長或短的磨合，當心動多
過厭煩才能在相處過後調配出兩人專屬的客製化甜度，
讓人願意交出單身的自在，把對方擺進自己未來的人生
裡，一起過著最不起眼的日常，慢慢變成白髮蒼蒼笑著
回憶當年的彼此有多呆萌。**

人生在世不會一帆風順到老，奇蹟當然也不會那麼頻繁
的發生。你一定也曾經遇過他並不愛你而且全世界都知
道，卻只有你一個人中邪般地不願意承認與面對，一頭
熱的死心塌地。

你就是偏執等著他，像在亞熱帶國家等待冬日初雪。朋
友想方設法要你放棄，大家都苦口婆心勸你看開；可
是，放棄愛一個人如果這麼容易辦到，那街上也不會有
這麼多被苦戀摧殘的人了。

更別說，看開這樣的事也不可能因為別人一直催促就能
做到，就像當初也沒有人說服你快點愛上他。

看開等的是一個心甘情願的瞬間，也許是你終於覺得自己在不被愛裡傷夠了，可能是你總算看見了愛著他的自己卑微到讓人太過心疼。

看開的豁然開朗是有天發現自己的眼淚再也不是為他流，發現他的喜怒再也與你無關。

你終於認清了一件事：

你的好他不能懂得，那麼，他不愛你反而是你的運氣。

你幸運避開注定不會幸福的感情，在不遠的將來，你就要好好去遇見那個願意為你跟他的幸福一起努力的人。

但我們不只是要找到剛剛好什麼都夠好的那個人，這個人也要能忍受你剛剛好的壞。

你偶爾拗起來的壞脾氣、口是心非的好強他都看在眼裡也默默記得，當你又再次發作時，他可以容忍更能一眼看懂。

而他總是喜歡用冷戰止戰，悶著頭生氣，話也不多說一句，你會在相處的過程中試著明白，當他又故計重施時你早已練就馴服的耐性。

壞脾氣改不了，生悶氣是壞習慣，在相愛的一開始我們都看不見對方不好的這一面。

這壞掉的一面被甜美的偽裝掩蓋，這壞掉的一面被力求表現完美狠狠壓抑了。

這些相處過後才能寬心探出頭來的某一部分自己，日子久了，就會大膽放肆地在對方面前一股腦地攤開。

你曾經擔心過這部分的自己會搞砸好不容易的相遇，總是仔仔細細妥善藏匿起來，不讓對方發現。

但那樣假裝著過日子、那樣小心翼翼不能安然自得的模樣，實在太累人也太過委屈自己。

如果對方是因為你表現得夠完美才愛你，那樣薄弱的感情根本無法支撐兩個人過好接下來的日子。

我們不可能在過著日常的每一天裡，只用最完美的姿態出現在彼此面前。壞脾氣、壞情緒都是一部分的你，如果不能跟那一部分的你和平共處，那就是他無法接受那樣子的你，這不是誰的錯，只代表你們並不適合。

不要因為分手而責怪自己，就像有人不能接受吃辣，當然不會是辣椒的錯。

不要擔心原來的自己會把對方嚇跑，如果跑了那是他膽子小，不是你不夠好。早跑早好，勉強留在身邊將來只會帶來更多煩惱。

常聽說「因瞭解而分開」，其實是最貼切不過的無奈，當然殘酷卻也很寫實。日積月累的相處讓我們甘於慢慢卸下偽裝，安心讓最真實的自己漸漸出現。

這樣某一部分不是那麼可愛的自己，一旦造成了爭執與衝突，才是一段愛情真正考驗的開始。

你以為無傷大雅的堅持也許是他極度厭惡的缺失，如果可以找到雙方都能接受的平衡點當然最好，只是也可能會在多次溝通後調解失敗。

最初愛上的濃度不是淡去了，而是在相處過後才發現你們畢竟是要走上兩條不同道路的人。

那些相處之後願意為對方做出的改變，跟誰配不配得上誰沒有關係。

那是因為這麼好的你值得這樣好的我，為了想要一起慢慢變好的我們，我願意收起那些尖銳傷人的刺、抹去虛張聲勢的保護，你也願意為了兩個人的幸福慢慢學著多點讓步。

我們微笑著收下彼此的最好，也接納對方剛剛好的壞，調解出兩個人最剛剛好適合的溫度，偶爾還是要小心眼計較著誰愛誰比較多，在乎著往後的日日夜夜你能不能一直繼續這樣寵我。

繼續當個
值得被善意對待的人

每個大人都會有過一段時間，只想孤獨一個人活著，會想放逐自己的原因各不相同，卻同樣以為這樣可以讓自己為過去的錯誤負責。

你決定用孤單替自己曾經的自大贖罪，不渴望被誰瞭解，不找誰傾吐心事。

你說，孤單是最好的懲罰，懲罰自己曾經高傲地以為可以主宰別人的人生，以為自己強大到足以當所有人的依靠，直到自己疲憊不堪，再也承接不起任何人的情緒。

你說，人生在世無法萬事順利的道理你明白，失敗的後果也承擔得起，卻無法忍受別人因為你而受苦。

我笑了，你未免也把自己想得太過重要，以為別人的落魄是你的錯，所以也不允許自己快樂。

每個人的人生現況都來自一個又一個過去的選擇，而你顯然高估了自己，以為區區一個凡人能輕易扮演上帝。

明天的我們會是什麼樣子
全看今天的自己忍得住多少堅持

所有人的命運其實沒有那麼多無奈，太多時候，老天爺
都曾給過我們選擇的機會。

你卻因為擔心自己做的決定會影響了他人的人生，遲遲
狠不下心。

**但每個人本來就都是各自獨立的個體，就算人生有所交
集，幸福卻不應該是捆綁在一起的。**

每個人都該決定自己最想要活出的樣子，並且為了達到
那個理想拼命努力，而不是依靠別人的付出達到自己的
想要。

**人生其實真的很公平，現在每一條順遂的道路都是因為你
過去竭盡全力努力過，才換來今天的輕而易舉。**

**明天的我們會是什麼樣子，全看今天的自己忍得住多少堅
持。**

很多讓我們停下腳步的路口，讓人猶豫的不是往哪個方

向走可能會更快樂，更讓人躊躇的是到底要往哪個方向走，才不會後悔今天的選擇。

經過了夠多的路口，你會越來越漸漸清楚明白一件事，**向左走的人生自然會錯過往右那海天一色的美景，只是這一路向左走來，你也飽覽了沿途山水，也曾短暫與一些人並肩同行。**

人生沒有不後悔的選擇，只有最甘願的承受。

一切都是最好的安排並非濫用的雞湯，那些我們以為失之交臂的更好選擇全都只是想像。

你是不是也常以為在所有的選擇當中，自己總是莫名做出最壞的選擇，樂透有像衰運這麼容易中就好了，你老是自嘲的說。

一次又一次準確地走向那個最壞的選擇，不是因為年紀太輕經驗不足，是現實的為難折損了原本以為可以美好的未來。

你以為沒有做的另一個選擇才是最對的、最完美的，那是因為它只停留在想像中，不必被現實殘酷快篩。你只是忘了當初正是因為它漏洞百出，千瘡百孔才被你不屑一顧。

人生中所有的錯過原本就是我們不該得到的，那不是錯過，那是因為三生有幸才能剛好錯身。沒有得到真的一點

也不糟糕，沒有得到是你夠良善而得到的回報。

這段時間所有不顧一切發生的阻擾，都在企圖左右你的決定，那是冥冥之中的力量插手了你的人生，阻止你選擇不該選擇的，阻擋你走上不該走的路。

而這樣的倖免於難是當時的你不會明白的，要到很多年之後，你回想著這一路上的足跡，才會懂得當時的自己有多走運。

那段你以為錯失的感情，那份你原本夢寐以求的工作，一個原以為可以一飛衝天的際遇，多年後想起來只有還好當初破局。

原本以為自己實在太過倒楣，後來才知道要有多被眷顧才能如此萬幸躲過那場看起來像是機會的災難。

你如今過著的人生來自一次次的選擇，一次次的捨棄與獲得。而今天他人不論幸福或落魄只跟他自己相關，與你無關。不要再把別人的人生扛上自己的肩頭，過重的負擔容易脊椎側彎。

不要總以為自己該對別人的人生負責，以為賠上自己的人生是最好的贖罪，雙手奉上自己快樂的可能，背負著別人的錯誤惡狠狠地懲罰自己。

你還被罪惡感糾纏深陷在過去，對方卻已無關緊要了。

你那些難以消除的愧疚感，才是讓別人走不出過去的最大負擔。

人生最公平的地方在於，我們都免不了為選擇苦惱，有時也為了自己突如其來的得償所願分外欣喜。

常常以為前方一片迷霧，很難看得清楚。決定硬著頭皮往前闖，居然也如願走到了今天。

你慶幸自己的順遂，後來才驚訝地發現這一路上，有如此多人暗地裡為你讓路，替你負重前行排除萬難，才終於能夠成就現在的自己。

以前的你會以為幸運是憑空得來的，總是擔心這樣的好事能夠繼續多久，後來當你發現自己越來越容易心想事成時，才明白了這些你以為的僥倖都是曾經給出去的善意，得來的回報。

而我們能做的就是繼續善良，繼續相信人性，繼續當一個值得這樣被對待的人。

人生中所有的錯過

原本就是我們不該得到的

那不是錯過

那是因為三生有幸才能剛好錯身

沒有得到真的一點也不糟糕

沒有得到是你夠良善而得到的回報

學得最好的課題

在打算為難你之前，老天爺其實都會提早偷偷洩題，只是祂費盡苦心偷塞到手心的答案，你接收到了嗎？

朋友熬了很多天徹夜準備了詳細精實的簡報要去提個大案子，出發之際在電梯間主管突然對他提點了一件事。
「我想，應該是不會被問到這一題，但你就心裡先有個底。」
主管簡單交代了一下該怎麼回應的制式答案，接著就目送他離開。

簡報過程相當順利，他台風穩健、口條清晰，簡直是有生以來的最佳表現。最後提問時間，客戶提出的第一個問題就讓他愣在原地。
那個問題跟主管剛剛臨時抱佛腳要他死背的一模一樣，正好在簡報裡完全沒有提到。

所有的壞事都只是幸福之前的頓號
往後還會有更多好事接二連三來到的慶幸
人生這一路上總避免不了好好壞壞交替鋪陳
要下定決心跟這些波折奉陪到底
才能寫出自己獨一無二的專屬篇章

「你說怎麼會有這麼湊巧的事情？」他問我。

「應該是你平常有做善事，老天爺捨不得讓你死得太難看。」我開玩笑地說。

我們常習慣怨嘆自己命苦，以為命運老是無理對待、莫名刁難，灰心喪志之餘，更討厭容易垂頭喪氣的自己。

怎麼如此脆弱這麼容易被打倒，你無法原諒這樣的軟弱，不想正視自己不堪一擊的模樣。

輕易就遺忘自己已經努力了多久，轉身就淡忘人都值得有喘口氣的片刻，要懂得好好放過自己。

其實，老天爺常有心軟的時候，在出重手教訓你之前，也老早就偷偷摸摸給過了一些警示。

祂當然清楚明白人類有多脆弱，也理解人類總有難以承受的時候，總是挖空心思暗示，就是希望可以幫助我們安然過關。

太過順遂的人生少了點起伏的樂趣，祂也不希望你的人生只能安安穩穩、平平淡淡地過。**人生的考驗不光是要來打擊你、讓你討厭自己的，更是要讓你找出自己的不足，再想方設法變得更好。**

每當遇到壞事感到沮喪是必然的反應，倒不如就順勢歪斜倒地找出最舒適的姿態，趁機讓自己好好歇息一番，給自己一段足夠的時間把力氣找回來，再去相信明天肯定可以更好。

所有的壞事都只是幸福之前的頓號，往後還會有更多好事接二連三來到的慶幸。

人生這一路上總避免不了好好壞壞交替鋪陳，要下定決心跟這些波折奉陪到底，才能寫出自己獨一無二的專屬篇章。

那些捨不得的失去或不甘心的錯過，都只是通往更好的自己的經過。

為了達到那個彼岸，勢必要做出一些選擇、放掉一些什麼。

一開始的不捨或茫然到了後來都會成為一種，幸好。

當初斷開時撕心裂肺的愛情，多年以後再回想，已經變成了幸好不是他。

三觀不合的兩人幸好在最該分開時在人群中離散，以前

只聽說過愛情裡的最遺憾是相遇的太晚，現在你懂了愛情裡最走運的是，分開的及時。

每一次相遇都是好不容易得到的機會，努力瞭解對方、努力經營愛情，努力過後卻失敗了都不是誰的錯，你們那些年的付出已經對得起這段愛情了。

和平、及時的分手，讓兩人各自走向該有的幸福多好。那背棄你的朋友甚至還在暗地裡四處造謠生非，多年後再相遇時，幸好早已成了陌路，多謝他幫你上了一堂叫「自私」的課。

這樣不值得的友情讓你明白，關係再好終究還是他人，你最該做到的是照顧好自己而不是去照料別人，更不應該為了討厭的人改變最初的自己。

所謂的成長是接受了以前無法認同的標準與原則，慢慢成為以前無法苟同、如今能認同的大人。

所謂的成長是從前那些嗤之以鼻現在都能坦然接受，曾經的勢不兩立，如今都能選擇無視。

沒有改變的是不管背叛曾經傷害過自己幾次，你依然毫不遲疑選擇善良，願意繼續伸出雙手、交出真心。

往前跨出的步伐可能比較緩慢，但你現在已經可以正視心裡的那些傷疤，不再躲在角落當個拒絕長大的孩子。

長大或許沒有想像中那麼美好，也不會像別人說的那樣
可怕。

就算長大了依舊可以天真，就算長大了也不要失去可以
開懷大笑的能力，繼續相信遠方的樂園、相信自己擁有
能去到幸福彼岸的力量。

那些曾經以為錯過的，如今歲月都不假思索帶著更好的
來還給你了。

那些以為的錯過都是自己選擇後的放棄，因為太清楚那
不是自己真正想要的。現在前進著的這條路，都是自己
每一次紮紮實實的選擇。

喧鬧的聚會、過目即忘的人脈、華而不實的高薪，都換
不回發自內心的快樂，也替代不了一個真心的對待。

明白了什麼才是自己真正想要的，是你在終於長大之後
學得最好的課題。

你

最該做到的是照顧好自己

而不是去照料別人

更不應該為了討厭的人

改變最初的自己

與其做個好人
不如做個完整的人

認認真真過日子的你，是不是發現自己反而被認真給困住了？老老實實過著日子，不走旁門歪道，用心謹慎面對該負起的責任，問心無愧擁有順遂的人生就該覺得自己是幸福的嗎？

我一直以為過著旁人羨慕人生的你會是這樣子想的，沒想到你的回答卻是：

「這種只懂得填入標準答案的人生到頭來，反而會讓人覺得活得有夠委屈。」

「委屈嗎？」我以為自己聽錯了。

「是啊……」為了加重委屈感，你還刻意撇了撇嘴角。

「太平淡了啊，沒有犯過錯的人生。」你說。

每晚入睡闔眼前總是忍不住猜想，自己到底錯過了多少，沒有犯錯過竟然成了你人生的遺憾。

原來自私一點不是壞事
老是替別人著想只會累壞自己
原來自私一點不是壞事
人生拼圖當然要多為自己算計

你說，也想試試走錯路被苦苦規勸回頭，卻執拗地勇往直前那樣不被輕易左右的任性。

更想要人生中至少有一次奮不顧身的衝動，不管是戀愛啊創業啊都行，如果是為了旅行更好。

總之不要像現在這樣，過著可以一天天都在預期之中的人生，做出總是不讓人意外的決定。

像你這樣從不闖禍的乖孩子，一旦要作亂的話，勢必會同樣賣力地搞到雞飛狗跳、掀起滔天巨浪的地步。就這樣你開始叛逆了，在已經活到三十六歲的今年夏天。

青少年時期特有的忤逆與反抗，到了現今才一股腦給了家人。

關於這個遲到的叛逆期你很享受，不必提心吊膽觀察著別人的臉色過日子，原來是如此輕鬆自在。

任性而為的人生竟然是這樣的安然自得，照自己的喜怒

哀樂做出決定並不是滔天大罪，人生更不會就此崩壞到
不見天日。

三十六年來你從不曾讓人操心，是那種每次不管發生了
什麼都還是笑笑地說沒事的孩子。
**看起來總是安然無事的人，口中說自己很好未必真的過
得好。他口中總是說沒事，這話裡真正的意思是：
我人生的困難誰也幫不上忙，所以沒你們的事。**
這樣的孩子心中冒出暗黑念頭時總不好對人說起，心裡
有一片透明的牆擋住別人也同時保護著自己，沒有人能
自由進出。

你習慣戴著好孩子面具過日子，不管發生什麼事，都照
著大人希望的方向走去。
你是大家口中的好人，大家都說你脾氣好、很好講話，
不會拒絕別人的要求。
背負著這樣的好人形象，是你多次反覆說服自己，大家
都是為了你好才勉強做到的。
**你活成了大家喜歡的樣子，卻在那個樣子裡找不到自
己。**

你現在叛逆了，想開了、想做自己了，卻不知道要從哪
裡做起。

你也知道壓力都是自己給的，只是從來沒有一個大人曾經在你就要過不去的時候，輕輕柔柔對你說過：沒什麼大不了的。

沒什麼大不了的，這次考壞了不會牽累你的一輩子。

沒什麼大不了的，沒得到獎牌不代表你的努力白費。

從沒想過不照規矩過，更沒想過可以忤逆長輩，現在卻一股腦地做了，這才發現原來不聽話並不是什麼大逆不道的事情。

原來自私一點不是壞事，老是替別人著想只會累壞自己。

原來自私一點不是壞事，人生拼圖當然要多為自己算計。

以前的你總以為只需要犧牲自己，其他人都可以獲得幸福那也沒關係。

但誰會願意自己的美滿幸福，是靠著別人犧牲奉獻一生得來的，難道真的能每晚安心闔眼入睡嗎？

與其一直勉強壓抑，不如自私點為自己而活，當自己人生的主角吧，真的沒有關係的。

真的沒有關係，不必一直容忍退讓只為了讓別人放心、讓別人快樂。

拒絕沒有什麼大不了，任何人在開口要求幫忙之前，其實早就做好被拒絕的心理準備。

只是他們更擅長勒索你的不忍心，會巧妙用可憐包裝自己的貪心。與其心疼他被拒絕的難堪，寧願堅定拒絕不合理的要求，就算他在你身後偷罵混蛋，那也是早就能預料的醜名。

在一段相互關係裡，不管是誰過度犧牲奉獻，都不會帶來真正的幸福。

別讓無私困住自己，別擔心自私會被人討厭，那些貪圖自己方便而找上門來，無止盡麻煩你的人才是真正的自私鬼。

心理學大師榮格曾經丟出了一個議題要讓大家思考：
「你究竟願意做一個好人，還是寧願做一個完整的人？」

好人追求事事符合他人的要求，凡事以他人優先，因為擔心傷害他人的情感而不好意思拒絕他人，這樣的人生光是想像就好累。

好人太容易被他人的需要榨乾，在好人的標準裡，自己的快樂最無關緊要。

習慣無私、習慣犧牲自己的你其實並不是一個真正夠好的人，至少你對自己就真的太壞。

面對這個問題，榮格自己做出了這樣的選擇：
「與其做好人，我寧願做一個完整的人。」

一個完整的人勇於表達喜怒哀樂各類不同情緒，可以任意表現討厭或喜歡，不必顧及會不會被別人討厭。

一個完整的人懂得保護自己、先關照自己的需要，不會勉強犧牲自己處處滿足別人的想要。

不懂得保護自己的人當然也不會看重自己，不看重自己的人也容易被別人看輕，你的一切努力或付出，他人都受之無愧。

沒有人喜歡自己的情緒被無視，但你為什麼總是這樣對待自己。

不要為了多一個人的喜歡，把自己的順位不停延後，到最後你會連自己都討厭。

當個有底線的好人，堅持一直以來的善良，比起別人更應該要重視自己，如果拒絕別人讓你於心不忍，想想他怎麼忍心來為難你。

該當壞人的時候就當個夠壞的人，這樣才是一個完整的人。

02

有些相遇
就是拿來錯過的

有些人的出現會讓你感到莫名的熟悉

明明是初初相見　卻有最溫暖的眼神

讓你安心的笑臉

卻一點也不感覺陌生

人群裡的他並沒有特別醒目

但當眼神交會的那一瞬間

你突然明白　等了許久的人終於來到

卻是在已經太遲的現在

如果早知道不會有結果

為什麼還要相遇呢？

不能為相遇歡喜

只能拿著遠遠的在乎關心著彼此

他就是來教會你遺憾的

他讓你知道不管到了幾歲

你始終還有愛人的能力

面對愛情除了勇敢你還可能遺憾

你們的相遇讓你長大了一點

只是此後你的溫柔要給的人不會是他

你有必須關照的另一顆心

那是你無法辜負的全心全意

你發現自己還是會被輕易逗笑

原來自己還是可以如此簡單就快樂起來

越來越親暱的狀況讓你苦惱了許久

是不是應該要刻意保持距離

別讓彼此留下太多的回憶
好讓將來的想念比較容易平息

終究是要讓你難忘吧

我們總會遇上一段隨時可能會散去的相遇

在人生的浪潮還未曾打散兩人之前

請溫柔相待　當彼此生命中路過的良善

如果這一生注定要錯過

下回再相遇

可不可以把你寫進詩的盡頭

成為我最想劃下的句點

有些相遇
就是拿來錯過的

我們無法決定要讓什麼人來到生命中，但總有些人的出
現會讓你感到莫名的熟悉，平時總是把自己藏在角落裡
的你，見到他時卻不明所以地忍不住舉步往前迎向他。

分明是初相見的他卻有最溫暖的眼神、讓你安心的笑
臉，你注視著他一點也不感覺陌生。人群裡的他並沒有
特別醒目，也不過就是平平凡凡的佇立在那兒。

當他終於看向你，你們兩人眼神交會的那一瞬間，你突
然清楚地明白，等了許久的人終於來到，卻是在已經太
遲的現在。

想到他來的太遲，你的淚就這樣滑落了臉龐。

那時候的你們此生相遇的故事都還不曾展開，你卻已經
為他哭過了一回。

你不知道的是，在你還不曾留意過他之前，在你沉睡了
千年的記憶被喚醒之前，在你什麼都還不曾留心、什麼

人生的遺憾不會只有一回
卻總有那麼一次的遺憾會深深刻在心底

都還搞不明白之前，那日那回的擦肩，竟是他千萬年來在佛前焚香換到的驚鴻一瞥。

你們終於在此生碰了頭，只有他一個人知道這是千迴百轉的刻骨想念，只有他一個人知道這是耗盡多少修行才換來的巧合。

你以為的巧遇其實是他千萬年來不變的唯一祈求，是他捨棄了榮華富貴之道、成仙成佛之路，只為了歷經多久的輪迴後終於求來能在此生遇見你，而你也在又一次就要錯過的回眸之前，終於在這一回把他看進了眼裡。

後來的你眼裡都是他，雖然他延宕到此刻才出現，你依舊欣喜萬分，但接著就忍不住怨他，為何晚嚐了孟婆湯拖到今日才在已經太遲的時候出現。

你們不能為相遇而歡喜，也只能拿著遙遠的在乎關心著彼此。

相遇太遲是你們這場悲劇的開始，對他來說，愛你早已是深植心底的習慣，他自己也無力抹去。

如果早知道不會有結果，為什麼還要相遇，你紅著眼追問在遇見他之後，已經被綁架的心，該怎麼再過餘生。

你逼問自己該怎麼抉擇：

「若是能狠心不遇他，就不怕那個沒結果的未來；抑或是，不論結果如何，還是要在今生遇見他。」

這是非黑即白、最極端的決定，不管選擇是什麼都避免不了一場心碎。

相愛分明如此簡單，但今生的你卻已經給不起了。

人生的遺憾不會只有一回，卻總有那麼一次的遺憾將深深刻在心底。

在最不該的時候遇見對的人，他就是來教會你遺憾的。

他讓你知道不管到了幾歲，你始終還有愛人的能力，面對愛情除了勇敢你還可能遺憾。

你們的相遇讓你長大了一點，又多學會了一點溫柔，只是此後你的溫柔要給的人不會是他。

你多想自己可以勇敢起來一意孤行去愛他，然而，你還有必須關照的另一顆心，那是你無法辜負的全心全意。

在他出現之後，你發現自己還是會被輕易逗笑，他每一

句無聊的玩笑都會讓你嘴角上揚，原來自己還是可以如此簡單就快樂起來。

越來越親暱的狀況讓你苦惱了很久，是不是應該刻意保持距離，別讓彼此留下太多的回憶，好讓將來離別的日子裡想念比較容易平息。

但，逞強總是被排山倒海的思念打敗，抵抗不了想要一再靠近的渴求。

你們躲在朋友的名字裡偷偷安放彼此的真心，小心翼翼提醒著自己不可逾矩，緊緊踩著最貼近禁忌的底線。

你告訴自己並沒有做出任何對不起誰的行為，可是，你的心分明已經遠走，滯留在他身上。

終究是要讓你難忘的吧，這場愛情不是得償所願，反倒是要你永遠無法如願。

在那些難眠的夜裡，你終於還是止不住埋怨著，淚濕了沉默，沉默被月光晾乾散成了一整片寂寞，狠不下心離經叛道，你只好狠下心對待自己。

你決心過了這一夜就不再提起，帶著那些絕美卻心碎的回憶走向不會有他的人生終幕。

沒有人知道一段緣遇會持續多久，時間毫無預警就把他帶來，也隨時會任他走遠。

我們總會遇上一段不知道什麼時候就要散去的相遇，在人生的浪潮還未曾打散兩人之前，請溫柔相待，當彼此生命中路過的良善。

就算注定不會有結果，至少在對方心中可以留下最柔軟的刻痕，在歲月走遠的以後，回想起這一年、這一次的相遇，還可以帶著微笑並且心中滿是感謝。

相遇本身已是最難得，在錯過了千千萬萬次後，在這一生終於見到了彼此、也鼓起了滿滿的勇氣走近，來到了彼此身邊。

此生無法夜夜為你歸來，等到下一次光明正大的相遇，我要霸佔你的目光，讓你的愛戀再無別的去處，不再讓自己的心埋在暗處。

讓我們都再多努力一些，約好了下一回肯定要不早不晚，你要在最剛好的時候來到我的身邊。

就算今生太遲，讓我們期待來生。

此生，人山人海所幸我們不僅僅只是擦肩；來生，我要一眼就認出你，即使熙來攘往卻還是只見到你一個。

如果這一生注定要錯過，那麼，下一回再相遇可不可以把你寫進詩的盡頭，成為我最想劃下的句點。

我們總會遇上一段

不知道什麼時候就要散去的相遇

在人生的浪潮還未曾打散兩人之前

請溫柔相待

當彼此生命中路過的良善

後來　沒有了我們

四十歲的你聽多了「總會有個人在等你」的論點早就麻痺無感，五歲那年，你就知道這個世界上根本沒有聖誕老公公，從此不再熬夜等待。

你連童話故事都不信了，怎麼還可能輕易相信說變就變的愛情。

像你這樣越是憤世嫉俗的人，往往在面對愛情時越容易瞬間瓦解心防。

不管心碎了幾次，收拾好自己後，等有力氣面對愛情時，又會是那個最不顧一切付出所有的人。

你還是很容易就給出信任，在相遇的一開始，總以為自己遇見了願意全心對待的對的人。

全心對待其實是一段誠實關係中，原本就應該要有的心態。你應該要弄懂的是，到底以前是見過了怎樣的對待，讓你把全心對待當成了難得。

其實被隨手搞砸的往往不是愛情本身
而是我們這些以爲談了戀愛就可以不費吹灰之力
海枯石爛的愚蠢人們

經歷過幾次分手，現在你真心感覺踏實，對於單身只有享受沒有埋怨，關於婚姻早已不抱任何不切實際的想法與浪漫的期待。

聽多見多了婚姻的殘酷與現實，現在反而衷心感謝起那些前任沒有以愛之名勒索你葬送自由。

你沒想過要孤老一生，哪天遇見了合適的對象並不排斥攜手同行。倒是認清了自己不適合婚姻，那種為了成全一個家庭必備的種種偉大犧牲，再也不會列入你的人生待辦清單。

雖然，在權衡得失之間難免感覺到猶豫，你貪圖的安穩生活，當然需要付出相對代價。然而，擁有婚姻的安定與美好所需要付出的沉重回報讓人卻步。

你想得很清楚，與其在事後被說自私，還不如在一開始就不要踏入承諾的套路。

更別提那些我們羨慕過的白頭到老的幸福，是用多少當事人的血淚寫下的辛苦。

他們花了多大的力氣拼命掩飾不堪，才成就了別人眼中地老天荒的追求，處心積慮維繫著就怕辜負了那些他人口中的羨慕。

大人世界裡說的謊，都是為了讓別人心安理得的活。

每個大人每天都避不開忙碌，忙著周旋在自己的苦痛與難題、忙著處理與面對自己的關卡。

聽說了別人的為難也會想要幫忙，但大多時候總是有心無力。

所以，一旦你說出自己沒事一切安好，別人就會輕易決定對你放心，就算你看起來總像是在假裝。

為了讓旁人放心，你曾經停滯在一段別人都以為幸福的關係中，很久的一段時間遲遲無法離開。

你們之間原本很好的，是以為可以走上一輩子的關係，否則也沒有辦法相處這麼長的一段時間。

三千多個日子過去，生活的舒適讓你被他當成了理所當然，他不是不愛你了，他是以為你再也不會走了，對你太過放心。

你當然不是那種要求天天鮮花驚喜的個性，卻在日子越過越不對勁後才開始學會了心疼自己。

就像是眼前的濃霧突然被自己一手揮開，在眼前的混沌逐漸散去後，才發現你被自己的懂事逼著忍耐了太多太久。

別人口中說的他對你多好，其實都比不上你自己日日夜夜的感受。

他對你當然還是很好，但卻早就不是你想要的好了。

依靠別人的承諾遲早會成空，你在這樣的年紀裡才發現自己過於天真，太輕易相信許諾。

曾經的無話不說到了今天卻已是無話可說，從前就是因為他夠重要你才什麼瑣碎都要讓他知道，而他也總是用心記得你隨口說過的平淡日常。

這些用心與記得在你們日後聊起時，總會變成共同的回憶拿來嘲笑彼此、打鬧過著你們尋常幸福的小小日子。

兩人相處過程的羈絆，是靠一天天互相依賴而產生的。

他的笑話你都覺得好笑，你只會在他面前放膽做個孩子，他總是夠耐心安撫你的不安與難搞。

好事你只想跟他分享，壞事在他面前才能寬心落淚。

能夠如此篤定輕放自己的心是多難得的相遇，如今無法再並肩相伴對你來說也不是件容易下決心的事。

因為人生不會對我們言聽計從，才更需要逆風同行的堅定在場。

要過上一輩子的人，沒有辦法只讓對方看見自己完美的樣子，那不是過日子，那是在走秀。

不能一起吃苦的兩個人最後只能陌路，兩個人一起要過的日子不會像曬在社群般完美，那是你想讓別人羨慕的虛擬世界限定版，跟真實生活天差地遠。

兩個人的相處無法只篩出無憂無慮剔除千辛萬苦，你需要的是人生路上一起打拼的伴侶，要能一起分攤生活的壓力，而不是面對難關視若無睹還直接登出的玩伴。

自己原本是個簡單的人，怎麼會遇上的愛情都如此複雜，地老天荒遙不可及只好眼睜睜看著一切被搞砸，無力挽救。

其實被隨手搞砸的往往不是愛情本身，而是我們這些以為談了戀愛就可以不費吹灰之力海枯石爛的愚蠢人們。

年輕的時候總把愛情當成全世界，年紀大了之後，明白自己的快樂才是世界上最重要的事。

起初總把一切看得太簡單，但日子是兩個人在過的，快樂要兩個人都點頭才算數。

不輕易說分開並不是對一份感情最大的負責，時時刻刻用心維繫才是。

相處久了的對方可能會變成一個陌生人，一個你不再熟悉的人、再也找不到當初愛他的理由的過路人。

對外總是張牙舞爪的你卻總是遷就他的硬脾氣，包容他、保護他，而他理所當然的依賴磨光了你的用心。

你從原本的心甘情願在一夜之間突然清醒，他成了處處看不順眼的惹人厭。

悉心呵護、對你夠好當然是點頭願意開始一段關係的重要原因，雖然不是每個人都做得到，卻也不應該是留住一個人的唯一方式。

除了對你夠好之外，更重要的是要能真正體會你的難處、同理你的恐懼，在面對需要克服的關卡時具體做出改變，這樣才能讓你相信兩個人在一起肯定會更好。

展望一段感情的未來如果不能夠更快樂，那遠不如一個人簡單過日子來得安好。

你不知道人生還有多長，你只知道必須讓自己再快樂起來。

你不知道眼前的路還有多長，只知道這樣的生活不是自己想駐足的幸福。

迎面而來的風風雨雨沒有什麼可怕的，你更怕困在一段看似風平浪靜的關係裡，心中只剩一片死寂。

以前的你只要看著他就覺得歲月靜好即使外頭風光明媚，而如今卻是外面世界終日晴朗，只有你處在淒寒一片的天地。

明天總是會來的，不管現在的你是什麼樣子。

你只希望明天到來的時候，會對得起一直那麼努力想要幸福的自己。

你其實不忍心放掉這段曾經讓你奮不顧身的愛情，但這樣的不忍心卻是對自己最大的殘忍。

現在的你們有的只是越走越遠的兩顆心，遠到後來，終於沒有了我們。

年輕的時候總把愛情當成全世界

年紀大了之後

明白自己的快樂

才是世界上最重要的事

他不會是什麼
騎著白馬的王子

忘了這樣的習慣是什麼時候養成的，只記得是某一天實
在太委屈太生氣了，根本不知道該躲到哪裡去宣洩情緒
時，你正好去洗車。

當車子被軌道緩緩推著前進，白色泡沫很快在一瞬間就
噴滿車身完全遮住外面所有能看見你的視線，在那短短
幾分鐘清洗的過程、在那只有自己一個人的空間裡，覺
得安全的你突然開始放肆嚎啕大哭。

從此以後，洗車場就被你設定為可以狼狽大哭的安全地
點，一個可以盡情宣洩情緒的地方。

你笑著對我說，原來大人的悲傷是要按表計時的，只要
設定的時間一到，情緒必須完全歸零。原來大人的眼淚也
講求效率，你必須準確掌握需要擦乾的時刻。

**懂事的人總會若無其事地說起自己的悲傷，好讓聽見的人
不必擔心。**

幸好在這一路上總是差了一點點
才能在最剛好這一點的時候遇見他

好強的人擅長把苦痛當笑話講，自嘲比被說三道四更能掩
蓋疼痛。

就算在成長的過程中無法避免被傷害，「被傷害」這件
事也不應該變成習以為常。

長大的方式有很多種，偏偏你總是被迫從被傷害裡學會
自己長大，沒有人理會你能不能接受或者喜不喜歡，人
生的打擊老是不由分說重重迎面襲來。

該慶幸的是，至少你並不需要去感謝那些刻意傷害你的
人，而除此之外更重要的是，**千萬不能讓自己習慣被傷
害，努力生活的你本就該被好好對待。**

**更不要對疼痛感覺麻痺，在有人疼惜你之前更該先好好示
範如何善待自己。**

那些惡意的對待大多來自於加害者的自卑，這樣的自卑
感在面對你時會變本加厲。習慣被污蔑的你過於從容地

應對會導致他加速黑化，你的不慌不忙讓他更加無法直視自己的挫敗，只能藉由不停貶損你，編派謊言傷害你，使力逼出你的失落好平衡自己的失意。

總是懷疑自己做錯了什麼才招惹來如此中傷是過多的臆測，人性與生俱來的惡毒會自然而然啟發他無中生有的本能，隨意糟蹋你的人生。

你早就明白人們雖然傾向同情弱者，卻無法持續同理過於軟弱不願意自助的人。

這一路上你帶著克服過的疼痛不服輸地繼續前進，不曾刻意展示那些歲月留下的傷口。

他人的同情與憐憫都只是短暫逗留，**留住一個人最好的辦法不是讓自己看起來夠可憐，而是要活得夠可愛。**

當你釋懷擁抱過往的脆弱，再不害怕讓人發現是那些柔弱撐起如今堅強的你，帥氣活出自己強大的氣場，自然會成就不怕輸的模樣。

不怕輸的心態更多的是，不再擔心自己的軟弱是否會拖累了別人，不怕輸更是能坦然展現自己的弱點，再也不怕丟臉。

脆弱想哭的時候願意讓別人擁抱自己，接受他人的善意與溫暖，不再急著推開關心的問候，並學會了跟不那麼堅強的自己和平共處。

生命的難題往往猝不及防，在來到之前總無法預先提出警告，一旦發生就該好好面對並想辦法解決，不必白費力氣抗拒，更不可以讓自己習慣於屈膝順從。

有時候難免覺得這些考驗之間像是約定好了班表，排定一場又一場的交接儀式，當我們最終克服了不計其數的難題，交出了夠多的眼淚，生命才會還給我們最真心燦爛的笑容。

每個人生難題都自有該來到的理由，學著看清它登場的用意。在傷痛終於退場後，經由這一次又一次的試煉我們會越來越強大，強大到看明白當初以為的那些錯過與失去，其實都只是不值得。

那些不值得的牽絆只是人生路上的碎石，起初砸著讓人腳疼企圖阻止我們前進，後來才明白清除了它才能更大步往前邁進，迎向最想要去到的遠方、最想要的抵達。

那些來傷害你的到底是有心或無意，在多年以後會變得輕如鴻毛不再重要，習慣怪罪自己的你，原本以為是自己糊裡糊塗對宇宙下錯了訂單，怎麼要的是無人可替的幸福卻來了無人可及的辛苦。

生命中以為搞錯了、迷了路的擦肩，最後都會明白那只是注定該出現的短暫停留。

最終來到身邊且拙於說出甜言蜜語的人，在你看來根本

不是那個所謂對的人，他跟你想量身訂做的那種人並不相像，總是差了那麼一點點。

你想要心細體貼夠溫柔，他就是差了那麼一點點。他的細心不達標，他的體貼再多一點就好了，他的溫柔是用霸道包裝而成的替代品。

猶豫著該不該迎向他的那陣子，你刻意拉開距離離得遠遠，這樣的距離與時間反而讓你釐清了自己的心。

原來，有他的日子都是幸福，沒他的日子都在克服。

克服著想念、克服著大小事只想對他說，克服著什麼話題都可以鬥嘴的寵溺。

幸好在這一路上總是差了一點點，才能在最剛好這一點的時候遇見他。

差一點不想再去認識誰了，差一點只想就自己一個人了，差一點無視他終於勇敢朝著自己而來了。

單身這麼多年，所謂「對的人」這件事實在太讓人無力與疲憊。偏偏當你放掉焦慮不再汲汲營營尋找時，生命就會讓這個人來到你面前。

這些年的相處下來，讓你明白了一件事：

原來相愛的過程也是一種學習。

地老天荒不是在兩個人確認相愛後就能輕易抵達，海枯石

爛難在相處的漫長過程裡，相愛著的兩個人還是必須全心全意對待彼此，不能以為彼此理所當然會存在，從此不會轉身離開。

每個人在相愛的過程裡要學習的課題並不相同，習慣逞強的你要學會的是示弱，願意讓自己的傷口被對方看見。要放下被嫌棄的擔心，安心依賴他、放心被疼愛。

你長久以來的單身練就了自己如此獨立，可不是為了不必被疼。如此天不怕地不怕的你更應該欣然接受有人心疼你的獨立，妥善收下你的好強。

一個真正愛你的人，不需要你善解人意。

若你不任性、不對他發脾氣、不大小事看他不順眼總愛跟他鬥嘴，他要怎麼好好寵你。

相愛之中更重要的是還要學會看懂一個人的心，不是光聽他說了什麼，而是看他為你多做了些什麼。

學會了該學會的，最終就會甘心丟掉你那篇幅漫長卻不切實際的宇宙訂單，看懂了雖然他不是什麼騎著白馬的王子，但至少也不會是隻癩蛤蟆。

良善要有
無法被利用的世故

世道多險惡，見多了現實人生中好人沒有好報頻繁發生，難免讓人沮喪也會懷疑起自己一直以來的堅持到底是為了什麼。

當「正」一再不勝「邪」，你實在找不到繼續善良的理由，卻又無法說服自己開始作惡。

你說「無法作惡」正是像你這樣的人最大的悲哀，你的善良如此一文不值，只能任憑它在風中凋零。

無法作惡不單單是膽子太小，更是腦子不夠好。

「使壞」這樣看似容易的事說來一點也不簡單，腦子不夠好的人根本無法動歪腦筋、無法使壞。

而所謂的腦子夠好是要好到什麼樣的程度呢？

首先，你得夠有心機。

這樣的心機不能光只有保護自己的心機，還必須要常保有害人的念頭，加上堅定執行的意志力，更需要擬訂完

> 每一個尋常日子的安然度過
> 都是命運多方交手後的塵埃落定

美犯罪計畫的清楚邏輯思維。

再來，想要使壞時，你必須下定不在意被別人討厭的決心，包括不被自己討厭。

天生善良的人使不了壞的一個最大難關就是，根本過不了自己這一關。

你使不了壞，無法變成連自己都不能直視的模樣，更不能想像如何面對他人難以置信的眼神。

追究到底，當不成壞人的你不但腦子不夠好，原來心也不夠狠。

你不甘心，就算明白了自己天生這麼沒用，依舊一心想變壞、你渴望當個壞人。

你開始試著先對自己夠狠心，偏偏想要壞卻很常失敗。

要想做到這一點必須先能硬起心腸，慢慢將底線一步步往後推。

在後推底線的過程中，你逼著自己學會對不公不義視而不見。

你讓自己硬起心腸，企圖迅速脫離善良，抱定了要對所有的不公平與苦痛漠不關心，這樣的冷漠居然包括冷眼看待自己被傷到體無完膚。

捨得自己遍體鱗傷是學會狠心必備的第一步，先對自己夠狠。

對你來說，這並不算什麼難事，你從來沒有打算輕易放過自己，習以為常比別人早一步為難自己。

你不是再也不怕痛了，而是分明疼到骨子裡卻能忍著一聲不吭，分明被傷了還有餘力嘲笑對方下手過輕。

原本的天真被世故替代了一些，看透了人性的醜惡與低賤，已經能一眼看穿偽裝良善的人。

努力使壞了好一陣子，最終你還是無法徹底改頭換面倒是心狠了不少。

狠得下心說不上是什麼天大的壞事，做不成壞人的你終究只能繼續良善。

所幸，你的良善懂得了該去的方向，再也不是漫無目的善待所有人。

如今，你的良善有著無法輕易被利用的世故，一眼看懂誰的笑裡藏著刀。

狠得下心並不會讓你失去人性跟原本自己堅持的道德標準，而是能在受夠了委屈後明白該為自己豎起盾牌，抵抗居心叵測的接近。

每個人的心一開始都是柔軟的，後來的剛硬是經歷一次次的失望之後，日積月累敲打出來的。

我當然明白一直保持良善的你，看著那些惡形惡狀的嘴臉難免不甘心，總會不死心翻箱倒櫃尋找壞人的現世報，這讓我想起一個年代久遠的故事。

所謂的報應是不分禍福的，善報惡報都不見得會以氣吞山河的聲勢到來，不見得會是青天大老爺升堂開鍘或下旨賞賜，更多都是幡然醒悟，原來自己在半夜三更被造化放過一馬，是轉嫁到其他無辜之人。

「不是不報是時候未到」，也可能是「不是不報是換人挨刀」。如果這一刀非得有人挨，為什麼是他，為什麼你可以避得開？

我以前也以為日子每天每天地過，回到家時可以像出門時依然無恙是再尋常不過的事，一直到發生了一件事後才發現根本不是這樣的。

不管我們多小心都不會知道意外要在什麼時候找上門來，但也會有不明白是什麼力量推了你一把，冥冥之中避開致命事故的狀況。

某一年的夏天有個數十年罕見的強颱來襲，當時住在24
高樓的我一整個晚上都聽著外頭強風暴雨肆虐，以為自
己窩在家裡相當安全。

風雨最大的那個晚上，正是我當時相當迷戀的影集播放
的日子，一般來說只要它片頭一開始，我絕對會死守電
視機前動也不動。

那天晚上片頭播到一半，不知為什麼我突然起身離開客
廳往廚房走去。

就在這個時候原本安裝在牆上的窗型冷氣，硬生生摔落
到我剛剛盤腿正坐的位置，不偏不倚剛剛好壓在同樣的
地方。

這整件事發生的經過不到一分鐘，我呆站在原地大半天
沒辦法有任何反應。

外頭的狂風暴雨從牆上空了一個大洞的地方不停灌進屋
子，而我只能看著那個黑洞發呆，任憑風雨打濕全身。

我不停告訴自己趕快冷靜下來，卻還是被嚇傻了好一陣
子，才漸漸恢復思考能力。冷靜下來之後先把總電源關
閉，接著動念應該下樓找幫手補好牆上的大洞。

我驚魂未定搭上電梯任由自己發著呆緩緩下降，在即將
抵達某一個層樓時，門都還沒打開，我就清楚聽見一個
年輕女子痛苦的哀嚎聲。

電梯門一打開，在人影晃動的間隙我隱隱約約看到她坐在地上，大腿綁著一條沾滿鮮血的毛巾企圖止血。

他們說，她剛剛被掉下來的窗型冷氣砸到了腿，現在趕著要送醫院急救。

好事的發生需要時間堆疊，其實壞事也是一樣的。

壞事的發生也講究時機，需要發酵期需要慢慢醞釀，在壞事準備要發生的那段日子，往往還有轉圜餘地，如果這個時候老天爺插手了，壞事當然就不會發生。

你不會明白自己曾經做對些什麼，才躲開了天大的厄運，就像壞事發生之前一樣，我們也不會知道自己做錯了什麼。

壞事發生時我們抱怨著老天爺，為什麼又是我，總是我這麼倒楣，或者質問著自己到底做錯了什麼，會落得這樣的下場。

你沒想到的是，其實你避開了更多大大小小的壞事，有更多的厄運因為你的良善而迴避了你。就算避也避不開的壞事終究發生，但傷害卻減低許多。原本你是要粉身碎骨的，卻僅僅劃下幾道傷口走運存活了下來，這些暗中角力的過程我們都不會曉得。

避開了壞事固然是因為夠好運，更是因為有一股力量在幫你抵抗著厄運的發生。

你的良善讓那些原本要動手的壞事都下不了手，一一轉向反過來成了你的助手。

每一個尋常日子的安然度過，都是命運多方交手後的塵埃落定，你以為只是又過了個百般無聊的一天，卻不明白今晚的傍枕安睡是多麼不容易的結果。

見多了猝不及防的壞事發生在好人身上，才看懂了每一個平安都是難得的福份，能安安靜靜看見每晚的夜月，才明白自己是如何受到眷顧。

就讓我們都心存善念繼續良善，為了身旁愛你的人也為了自己。

每個人的心一開始都是柔軟的
後來的剛硬是經歷一次次的失望之後
日積月累敲打出來的

朋友是可以絕交的

我們當然都需要朋友，只是有些人就是不適合當彼此的朋友。這跟談戀愛很像，總有合不合拍的問題，對你來說是渣友，卻可能是他人的莫逆之交。

每個人都有朋友的，但你不必勉強自己必須跟每個人都當朋友。

你可能會覺得與人絕交聽起來很負面，其實我們每天都在做出疏遠他人的事，再親密的友人也許早已半年不曾相約。

很多關係都因為日子一久疏於聯絡後，自然而然便淡出彼此的人生，結果是一樣的只是過程不同。

絕交是刻意斷絕往來，比較慎重帶著點儀式感聽起來卻相當絕情。

這跟主動提分手很像，真正下定決心去做之前總會有些不忍，擔心會傷了感情，難免猶豫再三。

就讓生活簡單一點
那些淡去的關係更無須再糾結
那些不怕麻煩彼此的人
千萬記得不要輕易放過他們

絕交是長痛不如短痛的看破，是自主意識的痛下決定，雖然避免不了會帶著一絲絲罪惡感，卻是看似無情、實際上對曾經的友情比較負責任的表現。

至於，順其自然淡出彼此的人生，就堂而皇之可以推給忙碌、推給時間沖淡了情感，不是出自本意你也覺得很遺憾，會造成這樣的結果當然也就沒有人是壞人。

雖然沒有人是壞人，卻也沒有人是有心維繫這段感情的人，看似比較不傷感情，卻是更無情又不負責任。

如果是老早就不相往來的人當然以淡出彼此人生來處理，是比較沒有傷害的做法。

前面也說過了，這就跟分手一樣，主動提分手的人避免不了被貼上「負心」、「壞人」的標籤。但許多感情會爛尾，就是雙方為了逃避這樣的罪名，沒有人想要負起責任，於是選擇了拖拖拉拉不去處理。

就算你們曾經非常要好，一旦生活圈改變也可能讓友誼就此長眠。

生活圈的改變讓「絕交」比較不傷感情，那是種自然演化的過程，看似沒有人可以怪罪。只是夜深人靜突然回想起你們曾經有多要好，難免讓人不勝唏噓。

曾經有個年輕女孩為了即將展開的遠距離戀愛擔憂，她問我到底距離多遠才算是遠距離，我看著她天真的雙眼，殘忍地說：

只要他心裡沒有你，就是遠距離。

不只是愛情，友情也是一樣的，生活圈改變又怎麼樣，在通訊軟體如此發達的年代，有心要聯絡還有維繫不住的感情嗎？

距離跟生活圈改變都只是藉口，有心才是維繫關係的唯一要件。

相較於真實的生活圈，對現代人來說，社交媒體上的「絕交」似乎需要更大的勇氣。

每個人應該多多少少都遇過這樣的狀況，早就沒有互動的朋友還晾在虛擬世界的朋友清單裡，在滑過他的貼文時你不會有任何回應更經常直接略過。

每個人經營社交媒體的動機不同，很多人深怕被以為人緣不好，會傾向以一種「集郵」的心態在管理自己的社

交媒體。不論是點頭之交、朋友的朋友都要送出交友邀請，更有人把私人社交媒體當粉絲通路經營，總在吹捧自己的工作成就，人際上有多受歡迎。

我身邊許多朋友在私人社交媒體上，幾乎不寫負面文也不會刻意炫耀，只會偶爾發發無傷大雅的無腦文。

只是，就連這樣無傷的、接近自嘲的分享，竟然也會成為別人茶餘飯後的八卦題材，經歷過幾次成為八卦主角之後，他養成了定期清理朋友名單的習慣。

畢竟，不管分享好事或壞事，都不該被一個已經稱不上是朋友的人，隔著冰冷的網路暗暗窺探，這時定期刪除朋友名單就變成一件刻不容緩的事。

已經沒有交情的人，根本連近況都不需要讓對方知道。

有必要做到這麼絕嗎？我明白你肯定會有這樣的猶豫，因為誰都不想當壞人。

只是，**今天你不狠下心，明天就等著被為難，他來為難你的時候可從沒猶豫過。**

你肯定也遇過這樣的事情，那些不常聯絡、許久不曾往來的朋友總是會突然冒出來私訊你，就像是一般詐騙的起手式「在嗎？」，也不等你回應就和盤托出，需要你這樣那樣的幫忙。

曾經有過交情，你也出手幫了他好幾次。**後來你就成了他的友情自動販賣機，他總是投進假情假意卻要你吐出真心誠意。**

你的清醒發生在沒多久之前，看見他的朋友感激涕零在貼文裡標註了他，謝謝他的幫忙，朋友還是老的好等等各種感謝。

你這才明白之前自己認定他是個自私的人，只懂得要求卻從來不曾付出，那並不是完整樣貌的他。

原來他也有不顧一切付出的對象，原來他懂得如何對人好，只是那個人不是你。

原來他不是不懂得對人好，只是你不是那個人。

人與人之間的關係本來就分親疏貴賤，你覺得他總是利用你，是因為你們還沒到那個交情，也不夠深。若交情夠深，任何麻煩對你來說都只是心甘情願的舉手之勞。

相對的，你對他來說也不比其他人來得重要，至少不夠重要到讓他願意推心置腹地付出。

交情夠深真的當彼此是朋友，根本不會在意被不被利用這種小事，反而會在知道你避免麻煩他時，認真對你發怒。

如果你們在現實生活中早就沒有往來，更不曾想過要關心對方的近況，將來也不會有進一步往來的意願，那就絕交吧，不要再猶豫了。

有些朋友不一定要有，但生活的寧靜絕對要擁有。

就讓生活簡單一點，別再周旋在杯觥交錯不必要的聚會，那些淡去的關係更無須再糾結，那些不怕麻煩彼此的人，千萬記得不要輕易放過他們。

朋友不在多，再多也只是幾個數字，重要的是這些數字中，真正可以陪伴自己走到最後的到底會有幾個。

不當所有人
生命中的好人

離家在外數十年，當然也經歷過單身或是兩個人的日子。照理說，一些基本的生活技能應該已經相當熟稔吧？

其實不然，因為我始終有著就算搞不定麻煩，也能好好活到現在的好運。

但，人生總避免不了一些別人只道是尋常的瑣事，不厭其煩考驗著我的日常。

度過夠長單身生活的人會被迫養成不管懂或不懂，凡事都必須自己做出決定的習慣。當一個人的經歷有限，生活常識也不見得充足的狀況下，很容易就會做出一些錯誤判斷。

一開始我遇到的狀況只是平凡無奇的小困擾：廚房三口的瓦斯爐，從去年冬天便開始漸漸點不著。

很多事情都是這樣的，不會是在一開始就變糟，最後會糟

刻意揉捏自己的模樣去貼近別人的喜好
反而會失去原本自己最可愛的原貌

到無法收拾都是之前那些微小的徵兆被忽視了。

家裡的瓦斯爐也是一樣，從一開始要試過兩三次才能點著這樣不足掛齒的小問題，到再多試幾次也都點不著了，沒想到，最後會搞到整個廚房都瀰漫著讓人暈眩的瓦斯味，糟到了人命關天的地步。

但我始終沒有放在心上逃避面對，總是懶散地想：反正最後可以點得著就好。

直到某一個特別寒冷的午後，突然想要喝杯熱茶的我起身來到廚房，把水裝進熱水壺架上爐子後，試著點了好幾次火再度點不著。

忽然在某個瞬間，瓦斯爐上被強行點上的過盛火勢，夾雜濃濃的瓦斯伴隨刺耳巨大的聲響轟地一聲，被點著的火順勢延燒到了我身上的浴袍。

還好那只是撲打幾下就能熄滅的火勢，但，當時也足以

讓我腦海中閃過一輪人生跑馬燈了。

發生了這麼嚴重的意外，迫使我不得不收起懶散，立刻想辦法解決。

當發現瓦斯爐點不著的時候，就我的經驗值來判斷會有兩種狀況：

1：沒瓦斯。

2：爐口阻塞。

依照自己貧瘠的生活經驗判斷，第一個狀況對我來說根本不存在，因為早就安裝了天然氣。如果問題是第二個狀況那應該需要專業協助，萬萬不可自行操作。可是，萬萬沒想到還有第三個狀況，也是最正確的解決之道：更換電池。

它只是電力耗盡了，換個新的電池就沒事了。

原來瓦斯爐也是需要更換電池的，這個發現完全刷新了我的生活常識清單。當更換好電池，第一次進廚房開火時邊聽著急促清脆的點火聲，我心想：

事情真的常常不會是我們以為的那樣，而這樣簡單的道理都在漫長人生中的每一天提醒著我們。

你所猜想的那些被分手的理由、不被主管喜歡的原因、沒朋友的緣故、爹娘不疼的起因，往往都不會是真正的答案。

真正的答案很重要嗎？知道了之後可以改變過去嗎？

還是說知道了之後才能夠真正死心，讓自己往人生下一個階段前進？

苦苦糾結，一心只想追問答案，只會白白流失可以壯大自己的時間。

若是刻意揉捏自己的模樣去貼近別人的喜好，反而會失去原本自己最可愛的原貌。

倒不如放下那些糾結，去過自己想過的日子，去活自己理直氣壯的人生，再讓時間來告訴你答案。

往往過不了多久，那個真正的答案對你來說已經不再重要了。

你曾經那麼在意不被別人喜歡，現在的你根本不需要他們的喜歡。

後來才懂了，當初被排擠是歲月替你過濾那些不重要的人，讓他們不停留在你寶貴人生中的一種手法。

以前總認為做人就該重感情，認識的朋友一個也不想放掉。後來才發現，總是花了太多心力去經營關係去善待別人，卻沒有用相同的心力對待自己。

我們被歲月帶著往前走，從那個沒辦法獨處的孩子變成很喜歡獨處的大人。已經不再需要用名片集結成冊證明自己的人脈，孤單處在陌生的人群中也不再心慌害怕，

更棒的是終於不再急著討別人喜歡。

不必藉由朋友很多這件事來肯定自己的人緣夠好，甚至喜歡用孤僻形容自己。

朋友是為了陪伴相互扶持不是為了彼此利用，那些點頭之交、那些再也不曾聯絡都不是可惜，你們就只是在人生的長路上有了一次短短的交集，過了也就散了。

會淡去的就算不是有意但就是無心，既然無心就不是真的朋友，既然如此又有什麼可惜。

自以為幽默說話總是喜歡帶刺的，登出。

喜歡跟你比出個高下非要勝出的，登出。

有事相求才出現平常不見人影的，登出。

真正的朋友不需要天天綁在身邊，他樂見你遠走高飛，卻也總提醒你記得累了就回來。你們在忙碌時天各一方，相聚時又回到年少的模樣。

你們從來無須花費時間維繫情感，不擔心沒有朝朝暮暮的黏膩會失去對方，在每一次的相聚時自然會有最貼近的距離。

你們一起走過青澀迎向大人，時不時自嘲當時的愚蠢卻也最珍惜彼此的天真。你們已經說好了，不管世間如何荒涼，永遠會是對方一輩子的家人。

後來才懂了

當初被排擠是歲月替你過濾那些

不重要的人

讓他們不停留在你寶貴人生中的

一種手法

相處左右
相愛的長短

有一種分手最需要被安慰的不是當事人，而是當事人之外的親友團們，是那種親友團比當事人還要失魂落魄、傷心欲絕的狀態。

這樣的狀態會發生在這段關係維持得很久，久到融入彼此的生活與交友圈，重點是親友們都愛他，甚至比愛你還要愛他，絕對沒有誇張。

當分手的消息一宣布，想到從此以後再也見不到他，親友們哭得比你還要難過。也許興趣相投，他們已然成為酒友牌友車友山友球友，相約固定碰面的次數都多過你。或者，他是個很周到的人，當初濃情蜜意時，連你身邊親友都一起照顧到了。

重視親友、愛屋及烏當然很感人，只是感情這樣的事說穿了還是只有當事人的感受才是第一順位。

都說戀愛是一次又一次的修行，你卻覺得自己像是被下

人與人之間的相遇不管是際遇的任意捉弄或宿命的
費心安排都不是巧合
有幸相愛更是千年一遇的奇蹟
但經得起相處　才是決定相愛長短的關鍵

了難以擺脫的詛咒，總會遇上各種光怪陸離的課題，以
為避開了之前的錯誤，卻又在相處一段時間後發現了別
的難題。

**人與人之間的相遇不管是際遇的任意捉弄或宿命的費心安
排都不是巧合，有幸相愛更是千年一遇的奇蹟，但經得起
相處才是決定相愛長短的關鍵。**

在每一次的相處，我們都是彼此生命中的導師，可能是
出題或是解題的那個人，天長地久靠的不是夠運氣遇見
了彼此看進了眼裡，而是相處時的心態。

以為愛情的力量足以改變對方的原生想法，是你太過天
真只答對一半。

對方可以改變的從來不會是本性，而是習慣。

在磨合的過程中，你無法要求對方改變本性，但可以循
循善誘耐心調教他養成一種新的習慣。更重要的是，這

個改變必須是他心甘情願想要做到，而不光只是因為你有所要求，當相處可以做到無痛改善，才有天荒地老的可能。

多次戀愛經驗的累積、承受那些心碎過後的學會，這些加總起來才能造就搶手的好男人或女人，能夠經得起相處不是靠個人造化是靠個人進化，那些每一個看似浪漫不真實的白頭偕老，都有著兩個願意進化的健康心態。

一段好的關係是彼此調教出來的，沒有什麼天生契合的伴侶，我們都是在一次次磨合裡，選擇了耐住性子再試一次。每一次碰上的難關都是一種篩選，篩除那些想要被愛而披上的偽裝，篩出最原本的自己。

不必分心去嫉妒那些他曾經愛過的人，正是因為有了那些過去，他才會是今天這個細心體貼、最懂得你的人。

千年一遇的不只是你跟他之間相愛的奇蹟，更是他跟生命中其他人曾經的過往，才讓今天的他這麼可愛。

在年紀不小的時候失戀，身旁的人都以為應該就不會再那麼痛了。

痛其實還是會痛的，崩潰大哭還是免不了的，還有更多時候是沒有人明白、哭不出聲的絕望，那是種分明已經認定是他卻還是撲空的跟蹌。

你曾經以為只有生死會讓你們分開，到現在還是不能相信你們居然會走到這一步。

怎麼會是他讓自己這麼失望，在一起的這些年你全心全意相信著他，一直放心讓自己依賴著他，事到如今卻只剩下一場空。

你們曾經那麼好，好到身邊的朋友都明白你不再需要別的依靠。

你很肯定自己不會再看走眼了，也相當有把握了，以為在這段愛情裡，自己每一件事都做對了，以為自己每一步都沒有走錯。

沒有料到的是，怎麼會是他捨得傷害自己，怎麼會在這麼多年之後回過頭來看見背後這一刀，居然是他下的手，而且是在相識的最初他早就默默出手。

這毫無防備的傷有著最難以癒合的疼，輕輕一刀就足以奪走最後一口賴以存活的氣息，這麼多年的愛戀只留下一事無成的結果。

你不是沒有失戀過，也不是沒有受傷過，只是，怎麼會是以為能海枯石爛的這個人出手終結了這一局。

失戀之後免不了會懷疑自己，是不是哪裡做錯了，怎麼活到這把年紀了，還要承受心碎的疼痛。

不管活到了幾歲都還是相信愛情，當然沒有錯。

但是，更要相信自己的直覺，要改掉發現問題時替對方找藉口的習慣，不要敗給了一時的心軟或者是對自己太有把握。

你是一個職場生活都可以好好打理自己的人，以前總天真的認為只要感覺對了其他都是可以克服的，現在才用血淚的曾經換來了刻骨銘心的學會：

一段感情需要的是兩個夠用心的人。

一段感情是兩個人在談，你再努力也改不了他的不變，你這愚公移不了他這座不願意被撼動的山。

一段關係的重心不能過於傾斜，否則只會壓得其中一方無法喘息。

你終於正視自己有要命的「救世主情結」，總以為如果可以幫助對方更加快樂、少受一點苦，就算會犧牲自己讓他更好也沒關係，這正是害了你一輩子最要命的懂事。

怎麼還是會搞錯到底是在天真什麼？怎麼會愛情依舊是首選，其他的狀況不對勁都盲目地不願面對？

是自己太過挑剔嗎？是自己不容易滿足嗎？

你甚至開始懷疑起自己是不是不應該再談戀愛，只適合好好一個人把接下來的日子給過了。

人到中年分手的難過當然還是避不了，哭得腫大像核桃的雙眼還是肯定會有的Drama。

在難過的同時，你在心裡已經理智地盤算起往後的日子該怎麼過。往後的日子裡比起談戀愛，是不是更該認命自己終究還是適合一個人過。

不會像文青般傷心吶喊自己再也不會愛上誰，你更擔心的是自己還想要再愛上誰。

單身人肉市場早已人馬雜遝，你懶得再去加入廝殺，這樣的年紀、這樣的婚戀紀錄，早就甘心退隱江湖，你怕的是江湖不肯放過你。

心還在跳，日子繼續過，但你不想再害人了，你覺得是自己毀了他，他原本的好在跟你交往之後通通變了調。

自己的傷心沒人關照，卻還要照顧一個個失去朋友的親友團的心情。

原本已經做好要走上一輩子的打算落空，那種心慌你不知道該拿它怎麼辦。

你知道這一次的轉身會讓自己整個世界都崩壞，但比起別人的眼光，你更在意自己的心能不能夠安放。

這是必須要為自己勇敢起來的時候，雖然心很痛，雖然面對未來你很害怕。

你還想要埋怨一下老天爺，怎麼有過這麼多次的經驗還是弄錯，可不可以不要再投遞錯誤的幸福給你了。

在關係中的兩個人不能無視問題遷就度日，否則就算他再體貼善良也只是大眾運輸交通工具，便利了你身邊的大家卻獨獨操勞了你，更像是中央空調暖了所有人的心，只讓你一個人寒風刺骨。

你也明白這幾年下來他在生活上無微不至的呵護，已經讓你完全失去了一個人過日子的能力。

但一體總是有兩面，他就是對你太有把握了，以為日子過得再怎麼糟還是可以一起到老，才會如此怠慢了你們的愛情。

他把你照顧得太好，好到你以為沒了他自己也不會倒。

他把你圈在兩個人的監牢，過重的依賴讓你只想要逃。

你當然知道一旦他收拾好離開，疼痛才要開始刺骨，但你更知道這樣失衡的相處拼不出你要的幸福。

在痛過了這一回，你又有了不同的學會：
對你好當然很重要，但能不能一起用心盡力拼出幸福才是更重要的事。

能夠經得起相處不是靠個人造化

是靠個人進化

那些每一個看似浪漫不真實的

白頭偕老

都有著兩個願意進化的健康心態

最初的你就夠可愛

人的一生中總是在學習，不管是不是主動爭取，基本上是無法間斷的。

嬰兒時期的我們學習吃喝拉撒睡、一次又一次嘗試起身爬行走路，再大了一點，開始吸收各式各樣的知識常識、也從人際往來中明白待人處事的訣竅。

在項目如此繁雜眾多的學習中，愛人與被愛的能力及方法無疑是最讓人摸不著頭緒的一個分類。

就算是立下清楚的範本、編印條列式研習，窮極一生也不見得能夠真正學會，偏偏卻又最缺少機會練習。

只要不是家裡的獨生子女，從小到大與兄弟姊妹之間的「爭寵」，幾乎是每個人成長必經的過程，心思細膩一點的孩子常容易覺得自己是最不被疼愛的那個。

童年的遭遇當然對人格的形成有很大的影響，天生敏感

從一心一意想找到有沒有喜歡自己的誰
到後來終於學會了原來搞清楚自己喜歡誰
才是更重要的大事

的孩子在「以為不被疼愛」這樣扭曲的心態下長大，會變得特別沒有安全感。

他不會明白最原本的自己就值得被愛，總是以為要努力討好別人才能夠得到關愛、當成獎勵。

會有這樣的以為，當然是因應大人的反應學習而來的，每當他做對了什麼，大人才會給予關心或不停地稱讚，在這樣固定的互動模式中，孩子自然而然就學會了在不同的場合裡看懂大人的各種臉色。

他接收到的是大人們有條件的愛，造成了他必須聽話懂事才會被疼愛的判斷，也因此形成了討好型人格、聽話懂事的個性。

畢竟在那樣的年紀裡，連自己都不知道要愛自己什麼，要求孩子天生擁有自信根本是天方夜譚。

這樣缺乏疼愛的孩子，有些長大之後個性容易變得偏

激，有些則決定用冷漠對抗全世界，不輕易讓誰太過於靠近。

因為除了自己，沒有人會為他挺身而出，他必須保護好自己，別再因為不被疼愛又一次次失望。

還有一些因為太渴望被疼愛，只好收起自己的情緒，變成過分懂事、個性柔軟、善良聽話、容易被使喚的樣子，即使這樣的變化並不是他真心願意的。

因為從小就太擅長解讀大人的臉色，讓他學會體諒生活壓力已經讓父母太疲累，只好當個最聽話的孩子。

沒自信的他覺得沒人有會喜歡上最原本的自己，一輩子的生活重心都在尋找夠關愛自己的眼神。

這樣渴望被愛的孩子，一旦被周圍的人煽動有人好像喜歡自己時，人生就像是出現了救世主，積極樂觀、雙眼發亮過日子變得超有目標。

小時候在父母身上得不到的滿足，長大後的他會不由自主盲目地在一個個不同的對象身上尋找，尋找自己被愛的證明。

他看似心思不定常常更換喜歡的對象，其實他在找的是被別人喜歡的那份肯定。

他在找的不是那個自己夠喜歡的對象，而是一個夠喜歡自己的人。

他需要從對方的眼神找到自己可以被喜歡的理由，藉由感受到對方的喜歡來建立起自信，才好確定原來自己真的值得被愛。

在那樣懵懂的年紀裡，很多人都曾經有過今天喜歡了A，明天可以立刻喜歡上B。

這樣脆弱的感情容易消逝，往往是因為一些微不足道的理由，隨手就送出了一次又一次的再見。

面對離別不但沒有不捨，更多是鬆了一口氣的慶幸，慶幸自己即時清醒、明白那些喜歡只是一時的順眼或並不討厭，而不是發自內心的主動喜歡。

在錯愛的過程裡，那些臉紅心跳的言行舉止都只是試探，是想先確定有人喜歡自己，要先肯定了不會再因為希望落空而受傷，才能放心大膽讓自己去愛。

在這樣看似朝三暮四的徬徨裡，都是我們在練習著跟喜歡自己的人相處，讓我們多一些機會去弄明白「不討厭」跟「真正喜歡」之間的不同。

這樣繁瑣複雜的課題老師避開不教、教科書更沒交代，卻要我們在埋首書堆努力苦讀各種知識的多年後，可以一夜之間就變身成為社會菁英，還要千方百計弄懂愛情的道理，這樣的要求怎麼說都太過強人所難。

人類為了生存會自動從錯誤中學習、從挫敗中長大，在那麼多次心慌意亂的悸動以後，在一次又一次似是而非的曖昧過後，終於還是會遇見那個你忍不住主動想對他好的人。

對他，你從來不必先確定他的心意。

對他，你只有放不下這個人的牽掛。

對他，你的心意根本藏不了，誰也攔不了，一股腦只想對他好。

你後來會明白，那跟不討厭、跟只是順眼喜歡完全不一樣的心情，原來就叫做「愛情」。

平常最是粗心大意的你闖禍就是日常，唯獨跟他相關的事你都意外細心、不需要刻意提醒都能自動牢牢記得。

只是可能連你也沒發現，自己是如何耐心妥善地關照著他的喜怒哀樂。

曾經那樣沒自信的孩子，以為要用力討好別人才能被喜歡的孩子，從一心一意想找到有沒有喜歡自己的誰，到後來，終於學會了原來搞清楚自己喜歡誰，才是更重要的大事。

就算心意不被回應，但你已經擁有了愛人的能力。

也許每個在童年裡不被愛的孩子，尋找的都是望向自己最堅定的眼神，愛上彼此不逃不避的心意，才足以讓沒有自信的他學會，關照自己的心愛著誰才是最重要的事。

愛人是一種能力，而這樣的能力是可以藉由不斷地學習變得熟練的。
如果你總是在擔心先付出可能會受傷，你只是還沒有找出自己值得被愛的原因，你還沒有跟自己和解、還沒有完全接受自己。
許多人都以為要努力變得優秀，要不停讓自己變好，才值得被愛。
其實，當你願意好好地面對自己，正視自己所有的好與壞，坦然接納那個最初的自己，你就會明白自己的種種可愛。

日後，當你終於遇見了那個人，他會讓你懂得最初的你就值得被愛。
你只需要先把一個人的日子過好，他的腳步也許有些緩慢，但終究會趕赴到你的世界，成為你的來日方長。

03

放棄只是做了
另一種選擇

我放棄了　因為我明白自己的極限在哪裡

放棄　只是做了另一種選擇

以前總認爲放棄是失敗者的選擇

以爲放棄就顯得沒實力或不夠努力

只好逼著自己再多忍耐一些

總是期待無怨無悔付出會有人懂得

用忍氣吞聲來換取別人對自己的好
　卻沒搞懂這樣的退讓並不是最划算的交易

往往最後只逼到自己身心俱疲

將情緒起伏寄託在別人身上　總有落空的風險

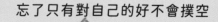

忘了只有對自己的好不會撲空

我們都會想要被所有人喜歡

卻又常常弄錯了重點
「會做人」的意思並不是要去討好每個人

把別人的需要跟喜惡牢牢記在心裡

卻忘了自己也有需求
更忘記最該討好的人是自己

在親密關係中放棄太過懂事
越親密的關係越需要不委屈求全的自己

讓自己也能偶爾好好當個任性的孩子

一一仔細盤點

我們長期以來被灌輸的觀念

太多無理的要求其實都是情緒勒索與

無故霸凌所演變的樣貌

觀念一旦想通

才發現原來從前那麼不快樂

都是因為不懂得「放棄」的哲學

放棄只是做了
另一種選擇

我有位朋友事業有成又美麗，她的美麗不是肆無忌憚無法直視的美，不是五官精雕如人偶般的美，她的美更多來自善體人意與不盛氣凌人的自信。

老公顧家又帥氣，兩人相愛多年有著一雙兒女，家人感情緊密和睦，吻合世人標準的幸福人生早已牢牢握在手中，但始終不見她鬆懈。

不鬆懈的態度不是給予旁人壓力，用高標準苛刻眾人過著日子。而是在管理自己或是與家人相處的細節上都很用心，日子過得隨性卻不隨便。

從她這樣的生活哲學讓我體會到：

日子可以過得愜意，但人生不能過得太隨意。

人生的態度可以愜意，但抵達愜意之前，需要的是不動聲色的多方堅持，再加上努力過後甘心放棄的轉念。

幸福不是從天而降的幸運，幸福不是理所當然的存在，如

瀟灑的大人懂得不過分勉強自己
明白放手的時間點

果每天一點一滴在對方心中存進失望，總有一天，還是可能存夠讓他決心離開的單程車票，頭也不回毫不眷戀離開這段關係。

忙碌事業之餘，她始終都記得要把家人的需求擺在最前方，能夠精準做到這一點，當然需要婚姻關係中神隊友的配合。

最近他們全家一起去學潛水，老公原本的運動細胞就很發達，一雙兒女也不怕水，很快就上手，只有她頻頻因為恐懼換氣過度，努力試過幾次都只能狼狽倉促上岸。

上了幾堂課後，有一天她想通了決定放棄。

聊起這件事時她很瀟灑的說：我放棄了，因為我明白自己的極限在哪裡。

看著她臉上透徹的笑容，我看懂了另一種人生的態度。

瀟灑的大人懂得不過分勉強自己，明白放手的時間點。

放棄沒有什麼好丟臉的，放棄只不過是做了另一種選擇。

以前總認為放棄是失敗者的選擇，以為放棄就顯得沒實力或不夠努力，只好逼著自己再多忍耐一些。

以為在一段關係中只要再多忍耐一段時間，再逼著自己多犧牲奉獻一點，就會換來對方的良心發現，最後毫無意外的，往往只會逼到自己身心俱疲。

你總是一心一意想著要對別人夠好，卻常常等不來別人一點點善意的回報。

這樣失望的感覺特別傷人，是因為這一切都是你自找的，是你把決定將情緒好壞的開關交到別人手上，一旦期待落空當然特別難堪。

總是期待無怨無悔付出會有人懂得，期待用忍氣吞聲來換取別人對自己的好，卻沒搞懂這樣的退讓並不是最划算的交易。

與其等待他人無法預期的善意，還不如實行最容易上手的自己對自己夠好。

一一仔細盤點我們長期以來被灌輸的觀念，太多無理的要求其實都是情緒勒索與無故霸凌所演變的樣貌。

觀念一旦想通，才發現原來從前那麼不快樂，都是因為不懂得「放棄」的哲學。

上班族就該放棄一心一意想得到老闆的稱讚，不斷逼迫自己成為最好用的員工的想法。

好用的員工不代表就是好員工，被稱讚好用是因為你太好說話，義無反顧全盤接受其他人推諉的工作，從來不懂拒絕。

天天任勞任怨加班只會顯得自己效率不彰，還會慣壞老闆，更別提最後所有好事依然落在老闆自己人身上。

轉念：讓工作只是工作，讓自己準時打卡下班、準點登出職場。

待人處事最好放棄面面俱到，別總是團團轉忙著張羅別人的事。

我們都想要被所有人喜歡，卻又常常弄錯了跟別人相處的重點，「會做人」的意思並不是要去討好每個人。

人的記性很有限，尤其是單純的人，把別人的需要跟喜惡牢牢記在心裡，就容易忘了自己也有需求，更會忘記最該討好的人是自己。

善良要給得值得，你的善良不該是他隨意就扔的便利貼。

轉念：「會做人」是要做進心坎裡的，而不是拼命巴結所有人。

在親密關係中放棄太過懂事，也要讓自己能偶爾當個任性的孩子。

越親密的關係中，越需要不委屈求全的自己，只要心中有怨懟對方任何言行舉止都會被放大曲解。

在這樣的心態下，很容易動不動就被激怒、淨說些狠話，做出後悔莫及的決定。

你捨不得自己滿腹委屈，只想靠傷害對方好讓自己心理平衡。

你以為要讓他試試自己有多疼、以為這樣扭曲的撒嬌他能看懂。

但，如此情緒化的宣洩有讓你好過嗎？他能夠解讀到你的怒氣裡其實藏著的是滿滿的愛嗎？

那些脫口而出、虛張聲勢的惡毒言語都是後來最痛徹心扉的悔不當初。

與其逼著自己懂事、不鬧事卻換來滿腹委屈，不如適時宣洩好好放心麻煩彼此。

轉念：愛你的人不會嫌你麻煩，因為你懂事才愛你的，只是覺得愛你很省事。

放棄那些浮光掠影的人際關係，朋友最難的不在數量夠多，難在對你無所求。

當你夠成功時自然不缺朋友，真正該弄懂的是兩袖清風時誰還會留在身邊。

以前總擔心被說沒朋友、人緣不好、難相處，年紀大了

以後，反而能理直氣壯說自己生來孤僻，不喜歡花時間交際。

你明白了朋友的定義不在花了多少時間交陪，而是花了多少心思對待彼此。

交朋友不是為了炫耀，而是在彼此最需要的時候毫不遲疑地當對方的依靠。

朋友更不需要花心思企圖討好，那虛情假意的交流都只是人際往來的虛耗。

轉念：真正的朋友根本不需要你的回報，他只會要你少來這一套。

再堅強也別忘了喊痛

孔劉應邀去到好友李棟旭主持的《李棟旭想做脫口秀》作客，聊到了自己平常如何處理情緒的出口時，說了這樣一段話。

「我們每個人都透過不同的方式在發出求救訊號。」

我們每個人都透過不同的方式在發出求救訊號，而且許多人發出的求救訊號是很隱諱的。

隱性求救訊號往往被藏得太好，往往要等到當事人再也承受不了的那一天，才會被人知道。

那些平常開朗樂觀最讓人放心的，通常才是最該擔心的對象。

總是特別快樂不曾見過他沮喪，那是因為他把心事藏得太好，不想讓人擔心；總是努力讓自己表現到最好，也是為了不讓其他人失望。

每個人的情緒遲早會有堆滿的那天，只是擅長隱藏的人

每個人都以自己的方式　發出著求救訊號
每個人都希望能在茫茫人海中　被誰聽到

早就習慣強迫自己瞬間轉換心情。

一般正常人總免不了會情緒起伏，習慣逼迫自己不能表現悲傷難過，這樣的人在心理上並不健康，那是過度壓抑的病態表現。

每天總像若無其事過著日子的大人們，在別人眼中看來生活過得不好不壞，不曾聽他抱怨過任何事情，卻會毫無預警地在某一天突然拋下一切就此人間蒸發。

或是朋友之間總是笑鬧最大聲的傢伙，在某一次聚會的最後，笑著笑著突然就哭了。那個每次相約一定到的人，開始缺席一次次的聚會，甚至到了最後再也不會來。

後來我們才會知道，原來他一直過得不好。

不是每個人都習慣張揚心事，更多人選擇沉默獨力埋葬一切不堪。

並不盡然是因為逞強，他或許是對自己忍痛的能力太有把握，以為可以像過去的每一次一樣，在即將崩潰之前整理好自己，安然無恙出現在其他人面前。

他的不動聲色是用一個又一個無眠的夜晚包裝出來的，只是沒想到這一次會跟之前的無數次不一樣，在即將斷線的那一刻才發現原來早就撐不住自己了。

聊到自己總是寡言的人，該歡笑的場合裡總是沉默的人不完全是個性使然，那些不自然的沉默、僵硬微笑著說還好，這些不顯眼的枝微末節就是他的求救訊號。

他的沉默是因為不想說謊，更不想說出真話讓所有人都替自己擔心。

心事選擇不說是因為老早就告訴自己，要為了身旁關心自己的人忍耐一切不盡如人意的現實。

讓他過不去的，是那以為只要夠努力的成功遲遲沒有來，最後連「不要麻煩別人就算是表現夠好」這樣最低的標準，自己竟然也常常辦不到。

以為已經拼盡了全力，在別人眼中好像又不是這麼一回事，失敗者的戳印重重落下，他逃無可逃。

這些心事埋得越來越深，真的找不到誰可以說出口，到後來更堆疊起一堵又一堵的高牆，把自己跟別人隔得越

來越遠，然後再把自己埋進不見天日的黑暗裡，才能放心落淚。

就算是以為最安全的角落了，他的哭聲還是無法聲張，必須得摀住嘴才能安心大哭，最痛的心事卻有著最沉默的姿態。

這些平常努力讓自己看起來像是很好的人，只是希望自己可以當得成一個像樣的大人。

一個像樣的大人必須能夠快速處理好自己的情緒，讓負能量迅速徹底消失。

一旦負能量消失不了，只好選擇讓自己消失。

不是每個人受了傷都能夠坦率地喊痛，更不是每個人都願意把心事說出口。

那些突然失去聯絡的朋友，淡出了原來的生活圈、突然改變了生活方式，都是透過不同的行為默默發出微弱的求救訊號，只是有沒有被誰接收到。

每個人都以自己的方式，發出著求救訊號。

每個人都希望能在茫茫人海中，被誰聽到。

沒有哭出聲不代表不會疼，沒表現軟弱，不代表不需要被好好關照。

那些堅強地獨立活著的，習慣以逞強的姿態掩蓋住傷口

的，他們的求救訊號不但隱諱，更常把想幫助的手狠狠推開。

不習慣示弱，除了是擔心麻煩了別人，更是以為脆弱像是一種情感勒索。

不願意喊痛是以為自己可以承受得了，更是擔心表現脆弱只會有人幸災樂禍。

他們習慣用不動聲色遮掩心事，口中總說沒事、我很好，不允許誰的關心靠近。

這樣的拒人於千里之外不是冷漠或不近人情，更多是深怕自己傷了又傷。

這樣的人太清楚一旦對誰有了期待，就交給了對方傷害自己的能力。

他擔心一旦把心交了出去，是不是又要被誰蠻不在乎地弄碎。

如果沒把握可以面不改色收下這些心碎，如果沒辦法仔細溫柔收納他們的悲傷，就別輕易接手他們的傷口。伸出的手一旦又無情地收回，只會把傷口弄得痛、更加難以痊癒。

人生固然常會有無解的狀況發生，但真正讓人覺得無力的，是因為我們太習慣把人生的解答交到別人的口中，

太在意別人的說法，卻忽略自己心中真正的想法。

與其把自己開心的決定權交在別人手上，不如先花時間搞懂自己想要的正解，那麼，日子就可以輕鬆自在許多。

刻意挑剔自己是不是哪裡做錯、是不是造成了別人的負擔，都是太過病態的苛求，過度反省其實只會更加為難自己，對於擺脫困境並沒有幫助。

過度努力想證明那些不看好你的人是錯的，最後只會發現他們早就忘了那些輕易脫口而出的閒言閒語，你的傷口只是他當時情緒的出口。

不必逼著自己一直勇敢，我們的力氣都不大，不能克服很多困難是正常的。

下次，再看見你的堅強時，我會明白那是用太多眼淚換來的。

再聽著你說自己沒事時，我會記得抱抱，那個藏起太多心事的你。

你的天長
等著他遲來的地久

分手這樣的事情是很難習慣的，不管之前經歷過幾次，還是避免不了當下的心碎與難過。

年少時的分手，計較的是要用上多少回無眠的夜、停不了的淚，才能完整攤還所有傷心。年紀夠大之後的分手，卻在撕心裂肺哭過幾回後，還能若無其事地相處著，面不改色討論該怎麼處理後續。

並不是現在已經夠堅強到足以覺得分手不會再那麼痛了，你說。

是失望的感覺大過於傷心，才沖淡了原本該有的疼痛。

畢竟，你從來沒有想過有一天你們會散。

你原本真的以為這會是人生中最後一次戀愛，那些臉紅心跳的曖昧、沒有把握的猜想、讓人心浮氣躁的等待，都再也與你無關。

終於可以在專屬於你的愛情裡盡情放肆又安心，怎樣的

一個人會感覺到委屈　是因為有個人出現了
他懂得心疼你一直以來吃過的苦
你才會在那一刻真實感受到自己的脆弱

要賴與任性都可以被最溫暖的笑容包容。

你以為終於可以全心信任一個人——除了自己之外的另
一個人——卻還是避免不了被傷害了。

這樣的失望當然難以量化，就算你還是不動聲色地過著
日子，沒有人看得出這回分手傷得你不留餘地，那傷痛
的程度其實足以摧毀你的餘生。

從來沒想過你們之間會變成小心翼翼，客套對待彼此的
關係。

情感的變化當然不會是一夜之間發生的，兩人之間的問
題也不只存在了一天，你很明白為了想要繼續賴在這段
關係中，已經逼著自己忍耐了太久。

就算理智地談好了要分開，在一個人落單的時候，你難
免忍不住想著：

為什麼人們總會親手毀掉得來不易的幸福？

你很想要戲劇化地質問他，搖晃著他的肩膀淒厲地哭
喊，但你已經沒有那樣去計較的力氣了。
更不知道他能不能真切的給出答案，或者說他給出的答
案會是你想聽到的嗎？

因為童年時的缺乏、從來無法被滿足，你一直在找一個
地方，一個可以讓你放心回去的地方。
找了這麼多年，你終於弄懂一件事，如果原本沒有一個
屬於自己的家，沒有一個可以每天安心回去的地方，那
就自己想辦法努力打造一個類似的地方。
你和他不是命中注定般的相遇，沒有發生什麼驚天動地
的奇蹟，更不是一見鍾情的甜膩。
那是一次相識多年後的回眸，你才把他看進了眼裡。
是他花上不短時間的耐心陪伴讓你相信，自己不會再是
被留下的那一個，是他堅定地牽起你的手說好了要一起
慢慢蓋起你們的家，好不容易以為自己可以放心幸福
了，以為自己終於被找到了。
終於擁有了一個可以放心安歇的所在，有了拿什麼都不
想交換的地方。這裡是因為有你有他，有你們一起的努
力才慢慢有了幸福的樣子。
現在這個幸福破滅了，你不知道該怪罪誰，你很清楚一
段感情的失敗，兩個人都是擺脫不了嫌疑的加害者。

每個人終其一生不管是積極地尋覓或是消極的等待，都默默希望著會被誰找到，或是終於能夠找到誰。就算嘴上說著放棄了，也免不了偷偷望向遠方期待著。

想找到的不光只是一個人，一個可以讓你不再感覺孤單的人；更想找到的是兩個人一起打造的一個地方，一個外面的風風雨雨都不能輕易打擾的場所。

這個空間因為有了你們兩個人一起在其中生活，才能稱做是一個家。

每個人一生中單身的日子肯定長過有伴的時候，自己一個人過日子時，一旦習慣了不管多苦都會覺得根本算不了什麼。不想麻煩別人的你，最能放心大膽麻煩的人從來都只有自己。

你很認命要自己早早學會克服人生中的所有為難，只要自己不覺得苦，那麼，不管鋪天蓋地而來的是怎樣的難題自然也都不算辛苦。

一個人會感覺到委屈，是因為有個人出現了，他懂得心疼你一直以來吃過的苦，你才會在那一刻真實感受到自己的脆弱。

生命中突然出現了可以依賴的對象，對當時已經甘於獨立堅強的你來說，才是最難習慣的事。

一開始你總是難以放心，擔心他隨時會消失，就跟以前

那些人一樣，到最後又會只剩下你一個人。

所以你要自己不能太過習慣他的存在，要繼續保持警覺，保有自己一個人生活的能力。

然而，這麼多年過去了，當初的警戒早就被依賴取代，你沒料到的是這一天終於還是來了，又要再去習慣沒有他的日子，一想到未來怎麼可能不感到茫然。

朋友總是說，你是個簡單的人很容易懂，而你對於家的要求其實向來也很簡單，就算以後不知道還能不能有機會實現，你要的一樣不會改變。

一個溫暖的家不需要多大的客廳或是最方正的格局，是因為有了他和你一起在這裡生活，過著你們最計較的每一個小日子，在你心中，這裡才能稱做是一個家。

兩個人一起打造的保護罩，不讓外面的惡意放肆靠近。

這恰好的幸福並不能用運氣夠好來解釋，最需要在其中的兩個人挖空心思、不將就的堅持。

這一路走來你覺得自己日漸強大了，不只是因為經歷得夠多，更是因為終於等到了一個想要一直在一起的人。

是因為有了想要好好保護的這個家，以前的你被教會了要懂得禮讓，但唯獨這個人，你誰也不想讓。

會不會有那樣一個人，不管多晚都耐心等著你。

會不會有那樣一個人，讓你心甘情願地等著他。

願你早日被那個人找到，你們為彼此的等待不光是耗盡了青春，你要的是一份可以明目張膽的幸福。你會耐心等著願意拿個地久來跟你的天長搭成一對的人。

妳的婆婆永遠都只會是
妳的婆婆

婆媳關係是道難解的習題，而妳在第一次測試時就考了
零分，從此聞婚姻色變，寧願一個人過日子。

妳跟前夫在二十幾歲時認識，交往了兩年，在大家認為
你們該結婚的時候，男人有天突然說，找一天把婚禮辦
了吧。這根本不像是求婚的求婚，而妳居然也就點頭答
應了。

倒不是對婚姻有什麼不切實際的幻想，那時的妳只是以
為自己好像也到了該踏入這個階段的年紀。

老實說，在妳的人生規畫中並沒有非要結婚生子的選
項，對婚姻沒有強烈的渴望，妳要的是一個歸屬、一個
可以遮風避雨的地方、一個隨時歡迎妳回去的所在。

這個交往了兩年的男人跟妳有相同的興趣，很聊得來，
他沒有不良嗜好，雖然談不上很肯定他是對的人，但總

除了自己之外　每個人都是外人
沒有不能捨棄的關係

之不會錯到太離譜吧。那時候的妳天真地這樣想著，只
是很多時候事情並不會如妳想的那麼簡單。

就這樣你們結婚了，從小見過了太多的不幸，妳相信命
運掌握在自己手上，妳有把握絕對不會讓自己經歷那樣
的厄運。

未曾經歷過的苦難我們總是難以想像它猙獰的面容，當
時單純的妳根本沒有料想到，會有如此狗血劇的發展正
在前方等待著要發生。

「幸福的家庭都是相似的，不幸的家庭則各有各的不
幸。」——托爾斯泰

這句話到後來妳才真正看懂。

經歷了這樣平淡到沒什麼好報告的求婚現場以及婚宴
後，你們的日子就一如往常繼續平順過下去。

男方家境優渥，在東區擁有一層公寓，他很體貼沒有要

求妳要跟公婆同住，只希望可以租屋就近照顧。都說孝順是重要的擇偶條件，如果只是週末回婆家吃頓飯，妳完全可以接受婚後有這樣的改變。

原來結了婚也不必犧牲自己原本的生活，妳覺得這樣挺好的，甚至覺得自己很走運。後來與妳無緣的婆婆其實人非常之好，煮得一手好菜從來不讓妳下廚，懂得看臉色的妳也總會乖巧地在廚房跟前跟後，充當她可有可無的助手。

妳自以為貼心的舉動，沒想到卻是日後夢魘的開始。

新婚過後沒多久，在只有你們兩人的廚房裡，婆婆開始有了這樣的起手式：「我是把妳當自己女兒才跟妳說這些………」

她不厭其煩詢問起妳的經期跟身體狀況，千方百計帶妳去婦產科檢查或去中醫把脈調養身體。每當這樣的話題說完後，還會不忘提醒妳，婆婆是真的關心妳，如果不想去也沒關係，跟妳說的這些話千萬不要跟妳老公說。

妳當然明白他們抱孫心切，但肚皮沒動靜除了是自己還在猶豫要不要當媽之外，外人不明白的是致命的關鍵根本就在男方。

這個致命的原因妳一直隱忍著沒說，直到最後無緣的婆婆都還是不知情。

這雖然不是妳想結束婚姻的唯一理由，但這件事卻讓妳徹底看清楚自己在男人心中比自尊還不如，妳甚至有很長的一段時間懷疑起自己的魅力。

在一起十年的時間裡，簡單來說，就是男人根本不行。
多次連哄帶騙要陪他去看醫生，一起解決這個問題，但男人永遠有不同的理由解釋自己的「不行」。
這個障礙一直到最後還是梗在你們兩人之間，即使妳提出要分開，男人還是沒有想面對的意思。
妳最後終於搞懂了對他來說「男人的自尊」遠比妳是不是會留下還來得重要，他寧願放手讓妳走，也不願意去面對自己本身的問題。
有好長的一段時間裡，妳甚至一度懷疑起自己、怪罪起自己不夠有魅力，才讓他「性」致缺缺。

有一次你們掛了一位老中醫師的診，老中醫堅持要幫兩個人都把脈，一搭上他的手，老中醫眉頭一皺，脫口而出：「你有好好對待人家嗎？你這樣不行啦～男人的身體怎麼可以這麼虛！當然什麼事都做不了啊～」
一怒之下他奪門而出，沿途大罵什麼庸醫還號稱國醫。
都說中醫師不只把脈更能從脈相看出人性，看著男人的惱羞成怒妳算是徹底死了心，明白了他永遠不會願意誠實面對這件事。

他讓妳日日夜夜活在家人殷切企盼的眼光中，大少爺發頓脾氣，所有人在他面前都會乖乖閉嘴，但妳卻還是要面對每一次相處時的巨大壓力，每當婆婆越溫柔對待只會讓妳更加害怕。

想要分開這件事談了半年他始終不答應放手，一直到妳給了他一個漂亮的理由：「相較於愛你我比較愛自己，我覺得自己不適合婚姻。」

一年後你們終於簽字離婚了，在三十八歲那年妳恢復了單身。

而妳那無緣的婆婆直到最後都不知道妳為什麼堅持要離婚，始終不能原諒妳沒有把她當成自己的親娘一樣傾吐心事。

後來妳輾轉聽說，她一直無法釋懷而片面把妳視為罪人、是讓她的家族蒙羞的罪人，傷了她兒子的感情，還不知感激這些年來她無微不至的照顧。

妳紅著眼對我說，情願被誤解，也好過讓她知道真相後反而會更加難堪，這是妳最後能為她做到的一件事。

聽著妳語氣平靜說完自己的故事，我回想起曾聽說過的許許多多過分懂事的女人們深深埋葬的心事。

婚姻的種種疑難雜症都是難解的課題，如果可以的話，

沒有人想要真正遇上。

我心疼你們的懂事卻也更加明白了一個道理：

妳的婆婆永遠都只會是妳的婆婆，不管她對妳多好，視妳如親生，妳可以感謝她也同樣真心好好對待她。

但永遠要記得，她只會是妳的婆婆不是親娘，底線在妳心，分際在日常。

該有的禮數、客氣的距離絕對不能少，與她相處時永遠不要鬆懈，底線踩穩不讓她進犯、不讓自己受委屈，也要善盡自己身為媳婦的本分。

就讓我們始終以小人之心設想：

在婆婆的心裡，妳永遠只是個外人。

該有的貼心與善解人意都要做到，就算再累，也都要在婆婆面前擺出笑臉。

我更想對困在不快樂關係中的每一個你說：

除了自己之外，每個人都是外人，沒有不能捨棄的關係，不管承受多大壓力與苦痛，請不要放棄明天，永遠給自己一次可以重新開始的機會。

女人啊～沒有來不及重新開始的年紀，不要以為自己的青春已經被耽誤，任何年齡的妳都正是美好。

男人啊～婆媳關係不是不關你的事，婆媳關係有問題最該出面解決的人就是你。

那是你媽不是她媽，更永遠不會真的變成她媽。

我們所有人都要愛自己，要好好珍愛自己，**沒有來不及
的人生，只有被放棄的未來。**
做任何決定之前，多找個朋友說說話，先停下來想想，
你的大好人生還很長遠。
敬所有懂事的男人女人。

妳的婆婆永遠都只會是妳的婆婆

永遠要記得　她只會是妳的婆婆不是親娘

底線在妳心　分際在日常

不管承受多大壓力與苦痛

請不要放棄明天

永遠給自己一次可以重新開始的機會

把問題搞大
才能解決問題

一家你原本很喜歡的餐廳在某次造訪時，出了一些差錯。可能是喜歡的餐點改了配菜、調味鹹淡不符合你的口味，或是餐廳某個角落太過髒亂讓你皺眉。總之，這些缺失你在心中幫它扣了些分數。

你會當下就反應嗎？還是你會選擇息事寧人，卻從此再也不上門，完全不給他翻盤的機會。

息事寧人是大多數人第一時間會有的反應，這也反映了在職場上發生問題時常見的潛規則。一旦發生問題時，大部分主管只求相安無事，只要事情沒有鬧大，一般的處理方式多半會是讓有能力收拾的人去承擔一切。

不知道為什麼，包庇能力差的人竟然成為職場最高指導原則。

也許是人總難免心軟，加上覺得出錯在所難免，另一方面更是希望能趕快解決問題，於是幫忙同事之間諉過竟

別害怕當那個說出眞話的人
就算眞話不中聽又傷感情

然成為沒什麼大不了的處理方式。

只是這樣看似體貼的辦法，根本沒有徹底解決問題，

主管在自以為體貼、替人著想的同時，並沒有盡到指點改正的責任，更沒有讓犯錯的人直視自己的失誤，他自然也無法從中得到經驗。

職場上會犯的錯有一半是因為粗心大意，而這樣的草率之所以會一而再、再而三的發生，正是因為犯錯的人根本沒有從過往的疏失學到教訓。

容易出錯的人既然出了紕漏不會有任何懲處，自然也不會繃緊神經嚴肅看待接下來的工作，更會養成凡事散漫以對、凡事馬馬虎虎應付。

他一直闖禍，是因為你總是會好好收拾。反正每次出事都有人幫忙處理，既然不曾因為犯錯被懲罰也就無關痛癢，不可能學到。

我們都曾經是職場菜鳥避免不了會有錯，經驗的累積是
每個人必經的重要歷程，職場上一些容易犯的過錯是因
為缺乏經驗，在面對問題時，根本沒想到不應該是這樣
處理的。

在經驗尚淺或是能力不足時犯下的過失，除了帶來懊悔之
外更該當作是種提醒，點醒我們可以藉由汲取別人的歷練
成為自己的養分。

人當然都有可能會出錯，但總要能從錯誤中學到一些經
驗或做事的正確法則，才不會白白枉費了那一場翻天覆
地的胡鬧。

我一直相信：「**把問題搞大，才能真正解決問題。**」

一旦紕漏發生，大多時候我們都會被告知要識大體，就
算已經搞到天怒人怨還是要選擇忍氣吞聲得過且過就
好，但是，這樣扭曲的心態只會讓問題日積月累越來越
嚴重。

一昧替他人掩飾過失，只會讓問題越來越腐化，無法真
正得到處理。

人性是犯賤的，我們都會選擇簡單的路走。

第一次犯錯時僥倖逃過又不必背負任何責任，當然就會
便宜行事沿襲陋習，在下一次食髓知味繼續同樣的過
錯，往後再要他修正心態只會難上加難。

越來越接近大人世界的你會被迫漸漸明白，在大人的世界裡沒有非黑即白的標準，事情也會有一體的好幾面，而對錯向來不是最終的要求，最後大家要的都只是夠體面。
大人世界的唯一標準是：
不讓任何有頭有臉的人丟臉，就算他是錯的。

這樣的遊戲規則往往因為你我無力改正就順勢成了常規，再加上人際關係之間錯綜複雜的交纏，會在很多時候讓大多數的人選擇沈默以對、選擇別過頭去把自己的原則就地埋葬。
當你真心希望改善一個陋習，最好的辦法就是把事情鬧大，如果事情鬧得不夠大會輕易順勢被隻手遮天、不費力地掩蓋。
事情鬧得夠大，問題才會被看見，也才會有改變的契機。
只是這樣的醜事被揭發的同時，揭發者往往也無法倖免於難，可能必須犧牲自己原本的安逸舒適，盡力成全一個壞事的修正。
不要因為恐懼不好的結果就甘心同流合污，我們每個人都是一座孤島，卻又無法真正像一座孤島般的生活著。
在與別人相處的時候，我們應當尊重別人的想法跟做法，但這不代表自己的想法跟做法就是錯的。

別害怕當那個說出真話的人，就算真話不中聽又傷感情。

別擔心說出真話被別人討厭，那只是他惱羞成怒的表現。

他討厭的是那個被揭穿的自己、那個明知故犯的自己，你不過是被遷怒的對象。

同時也要讓自己當個聽得進真話的人，就算真話刺耳到讓人尷尬。

珍惜願意對你說真話的朋友，他不惜賭上感情也希望你可以變得更好。

那是鼓起了多大的勇氣，才捨得拿你們多年的交情去換一個你能變好的可能，這樣的朋友才真正難得。

朋友之間不該只有把酒言歡，朋友日後的好壞都該與彼此相關。

當個敢於提出建言的朋友，也當個有度量收下善意反駁的朋友。

一段好的愛情也是同樣的道理，日日夜夜地相處，越親密的關係越容易看見缺點。

若不是眼中只有你、若不是專心在你們的相處中，怎麼能夠看得如此仔細？

正是還想要可以好好在一起，才會希望可以一起變得夠好，兩人之間不是光靠一些容易聽膩的甜言蜜語，就能此生無憾。

在磨合過程中，你聽進去了我的意見不把它當棄嫌，我接受了你的要求甘心改善，好讓我們不再貪圖別的愛戀，有了彼此就再也不換。

正因為是這樣的我們，才讓人願意相信這世間真的會有一起走到永遠的可能。

妳理直氣壯的單身

當妳的單身已經成不了話題之後，周遭好奇的眼神終於逐漸轉移了目標，妳才真正感覺到放鬆。

雖然說日子是自己在過的，本來就不需要太在意其他人，但那些時不時以關心為名，拙劣包裝成八卦好奇的打探，還是免不了干擾到妳的平靜。

像是前幾天一場朋友聚會裡的一段對話，就讓妳在意了好幾天。

單身這麼些年，身邊當然也出現過一些不錯的對象，他們各方面都好，但是妳的心卻不肯說好。

那天聚會上，不知道是誰聊到跟妳無緣的某個他，邊說邊找出他社交媒體上的照片。

「妳看看，他進度多快，連孩子都生了。」

妳看了一眼可愛的嬰兒，還有看起來像是個慈父的他。

「當初妳要是沒有拒絕他，現在這就是妳的幸福了。」

妳要活得理直氣壯
對抗那些覺得妳的單身簡直罪孽深重的人
別再把愛情想像得太過困難
別總是把相愛看成最後都只會剩下遺憾

這話一說完，在場的人紛紛以同情的眼光看向妳。

環顧四周從不同角度掃射過來的眼光，妳覺得實在太好笑，怎麼沒人問妳，那是妳要的幸福嗎？

初春的夜晚依舊涼如水，獨自走在回家的路上，剛剛多喝了幾杯的妳用雙手貼住自己發燙的臉頰取暖。

人生哪有什麼算得上是真正的錯過呢？不過就是當時的自己把各種可能都看透，勇敢決定踏上哪個路口肯定會是自己要的未來罷了。

那些錯過是本來就不應該停留的，擦身而過已經是你們最大的緣分。

當初的自己捨得繼續孤單，是因為捨不得自己將就。

關於那些錯過妳從來不覺得可惜，單身這麼久，本來就不是為了找到一個遷就過日子的伴。

相對兩無言的日子、困在已經沒有愛情的關係中的尷尬，這樣不堪的故事妳聽得太多，在社會上打滾多年歷經了種種折騰，早練就一身本領的妳不致於讓自己落入那樣的狼狽之中。

單身了這些年，仔細想想已經沒有什麼事可以為難妳的獨居生活，除了偶爾浮現的那一點點倦。

寂寞這件事不是身旁有個人陪就能真正解決的，很多時候，身旁的那個人正是讓妳寂寞的原因。

一個人過日子的寂寞也許有點無奈，兩個人在一起還是寂寞根本無解。

單身生活的規律讓妳特別安心，就算每天都過得大同小異倒也挺好的。妳反而比較擔心當有另一個人出現時，隨手就打破妳習以為常的好日子，根本像是來攪局。

妳的未來還沒計畫好要讓別人參與，愛情對現在的妳來說根本多餘。

妳很清楚自己單身這麼久是為什麼，經歷過那麼多次的失敗後，妳已經變得太過理性。在任何的可能開始之前、在臉紅心動的曖昧蠢動之前，妳總是很快找出兩個人之間的不合適，親手終結可能開始的愛情。

妳太清楚自己想要的是什麼，無論如何都難以妥協。

再加上面對愛情妳有太多的害怕，每段失敗的戀情只留給

妳無疾而終的空虛，讓妳僅存願意去愛的勇敢越來越奄奄一息。

自己真的還能全心付出嗎？

面對愛情，他也是真心的嗎？

什麼故事都還沒來得及開始，妳的膽小已經準備好義無反顧接受，這場心動只會崩壞成一場事故。

光是把日子過好就已經夠讓人心力交瘁，妳實在不必賣力取悅一個沒有把握可以就此停留下來的人。

比起找到一個契合的人，對妳來說更難的，其實是讓自己心動。

這些年的妳已經有過一些歷練，感情創痛當然也沒有逃過，身邊的人來了又去，經歷過這些的妳早已變得太過實際。

在看順眼一個人的同時，妳會立刻啟動運算機制，考量出來的結果總是告誡著自己必須冷靜多過衝動。

妳沒有那麼不可一世，更沒有列出什麼必備清單，要的更不是多挑剔。

妳要的愛情很簡單，只要在他面前可以是最自在、不必假裝的自己，這看起簡單卻很難達到的條件。

妳把自己照顧得很好，並不是打算要求一個條件有多好的人。

妳很明白一個條件再好的人，他的優秀、他無人可以替代的好，都是他夠愛自己才能做到的成果，與妳無關。

妳當然很欣慰在相遇之前，他跟妳一樣把自己照顧得很好，但抽離了你們之間的愛情，他依然那麼好，妳也一樣不差，這並不足以構成你們非要在一起不可的原因。

妳要的是他對妳的好，能夠好到讓妳明白自己這麼多年來的堅持不是吹毛求疵，好到讓妳忍不住喜歡跟他在一起時的自己；此外，妳還要自己好到讓他懊悔怎麼這麼晚才遇見妳。

在找到相愛的人之前，妳不願意將就與誰配對，只為了在別人眼裡的自己成雙成對。妳要活得理直氣壯，對抗那些覺得妳的單身簡直罪孽深重的人。

只是同時，**妳也得調整心態讓自己別再把愛情想像得太過困難、別總是把相愛看成最後都只會剩下遺憾。**

人與人的相遇都會留下一段故事，至於會是童話或是鬼故事，就看相遇的那兩個人夠不夠用心、要如何提筆寫下這段。

沒有人能逼著妳勉強去愛，但如果機會來了，也別再一直恐嚇自己，錯失寫下美好結局的可能。

而在這之前更重要的是，妳要好好愛自己，因為不見得有人在愛妳。

揮棒落空都是
練習成功的過程

還記得年輕時的自己那股無人可擋的衝勁嗎？

總像是恨不得今天夠努力，明天就夠成功，拿著明朗的眼神看著以為應該是黑白分明的世界。

跨出的每一步都很賣力，費心要讓每一步都值得，以為這樣的拼命就可以紮紮實實堆疊起成功的未來。

那時的我們單純善感、容易相信真理，還沒見過魔鬼的面容。

第一次被現實潑了一身髒水，是發現老老實實在自己的位置打拼，居然遠不及耍小聰明及逢迎拍馬來得容易被主管看見。

這麼多年過去了，你依然保有天真卻又跟那年無害的單純不同，你換上一副大人的眼神看著這個黑白不分的世界，灰心喪志地想著努力多久才可以大聲喊累。

生活的重量一點不差地落在你肩上，避無可避逃無可

你的努力不是爲了讓他們夠喜歡你
而是爲了讓自己夠強大　強大到有一天
現實世界裡扭曲的價值觀再也傷不了你

逃，人生根本沒有像小時候想的那樣容易。

你忍不住想起以前聽著大人說長大後的世界時，他們眼神裡你當時看不懂的，原來是茫然。

看來真的沒有人知道該拿長大這件事怎麼辦。

你不再愛笑了，你的笑容從某一天開始突然消失，眼淚也不再輕易讓人看見，後來的你就變成了現在這種喜怒不形於色的樣子。

你決定要把自己的心藏好，藏到沒有人可以任意翻閱。

你還是夠努力卻已經不再渴望被誰認同，你的努力不是為了讓他們夠喜歡你，而是為了讓自己夠強大，強大到有一天現實世界裡扭曲的價值觀再也傷不了你。

人生這場球賽，很多時候我們會連一次上場的機會都沒有，當好不容易有機會上場時，更可能連壘包都碰不到又黯然退場了。

我們當然希望自己每次上場都能夠擊出滿分全壘打，交出漂亮的成績讓每個曾經看不起你的人好看，迎面賞他們一記夠響亮的耳光。

可是一上場就要能夠擊出全壘打，靠的不光只是運氣，還要加上在那些沒人關心的日子裡、在那些根本還沒機會上場的每一天，你咬著牙逼著自己做到的一次又一次的練習，以及曾經好幾千次在正式比賽場合上的揮棒落空。

每一回場邊那些噓聲、那些嘲笑，你都可以充耳不聞，不僅僅是因為麻痺了或是臉皮夠厚，而是你心裡很明白一件事：

那些揮棒落空不是失敗，那都是在練習成功的過程。

那一次次出局不是丟臉，是在確認如何成功的技巧。

人生最大的失敗不是連一顆球都敲不到，更不是連一壘都上不了，是在面對夢寐以求的上場機會時，轉過身放棄了連給自己一次嘗試的機會都不願意。

當你讓未知的恐懼支配了自己的人生，害怕徒勞無功只想苟且度日，這些無法克服的負面情緒才是一手毀掉你人生的兇手。

是不輕易放棄自己的你，才能夠帶著自己走到今天讓自己驕傲的樣子。

每個人的生存手段不同，使出那些你看不慣伎倆的人，其實也在發揮自己的才能盡力過著他讓你不齒的日子。要用什麼樣的心態去過自己的人生是他的選擇。

只要能夠承擔代價，我們大可不必總想著要改變別人的價值觀。就算在你看來簡直扭曲到不堪入目，就算他的嘴臉往往讓你嗤之以鼻。

觀念不同你可以不屑與他為伍，不必跟他爭個你死我活。人跟人之間的相處，經過時間的沉澱會自然產生一些微妙的變化，在職場上有一些一開始看不順眼彼此的人，後來卻能夠和平共存，是因為找到了某個平衡點讓他們可以拋開對彼此的成見，一起朝共同目標打拼。

能夠與曾經齟齬不和的人相安無事，是成熟大人才能做到最老謀深算的本事。

你不必當他是朋友，他也不見得喜歡你，你們只維持沒有溫度的同事關係，在私人生活裡毫不相干。

以前的你遇到這樣的事情時，總是難以釋懷。你原本以為，出現在人生裡的每一個人都應該友善對待，應該當成彼此的朋友。

然而，長大就是不斷練習失去的過程，每一次的離別肯定都要帶走一些人。

有些人浮光掠影已經留下美好的曾經，歲月把你們帶離彼

此身邊，只要日後回想起來時嘴角有一抹淡淡的微笑，也就足夠了。

當然也有最終當不成朋友的人，以前的你會因此感到難過，感嘆這人世間太過無情，後來你才明白這人世間的有情就在於它會幫你看清，誰是真正的朋友，誰不值得為他多做停留。

真正的朋友不管多久沒見，心裡始終替對方留著一個位置；真正的朋友不論認識了多久，都能理解你、挺你永不推辭。

原來，只要對自己做出的每個決定堅定買單，不因為後來的結果不盡如你意就不肯認帳，人生的每一步自然都會走得很值得。

讓自己後來跌倒的決定是為了學會起身時最美的姿態，最終能夠成功的決定是拿血淚的曾經換來的圓滿。

說到底，就是一切都要對得起自己就是了。

當你讓未知的恐懼支配了自己的人生

害怕徒勞無功只想苟且度日

這些無法克服的負面情緒

才是一手毀掉你人生的兇手

別人也有的
你就別再要了

我們都想要談輕鬆的戀愛，相遇之後正好彼此喜歡，沒有太多試探就決定開開心心在一起。

相處的日子裡契合到無從挑剔，永遠看他不膩，生活裡的無聊大小事都要仔細說給他聽。

最好的相遇是彼此都真心良善，心動之後的心安都算數，曖昧過後能開出最美的花朵。

戀愛使人傷神的不光只是一開始的期望太高，更是人們對於愛情的神奇力量太過信賴，以為夠真的心就能克服一切。

感情的事與願違不見得是對方最終讓你失望了，更可能是你到頭來幡然醒悟原來愛情的力量不過爾爾。

尋覓的過程讓人如此容易疲累，是因為你不知道自己在等待什麼，或者說你更害怕這費盡心力尋覓的結果注定會是一場空。

他給的如果都是別人也有的　你就別再要了
不要以爲自己的青春已經耗盡
你的那些不甘心才是最大的耽誤

別人的愛情看起來總是自然而然就發生，別人獨一無二的
溫柔總是特別容易到手，在你看來卻是天長地久太難得，
海枯石爛根本不尋常。

人的一生中總難免遇見幾個渣，事過境遷雖然不必感謝
他們，卻會讓你明白自己在愛情中該修正些什麼。
他讓你知道自己容易識人不清，習慣替他找盡藉口不停
糟蹋自己；他讓你明白自己個性軟弱，情願留在原地也
不給自己轉身的勇氣。
會落入渣人手裡，不光只是太過孤獨寂寞可以解釋得來
的，更有可能是你對自己太有把握，以為自己肯定能看
清楚什麼樣的人會真心相待，好到可以相伴餘生。

很多人的渣在第一眼看不太出來，就跟有些人的好一樣
在一開始也看不出來。

人都要經過相處才會真正現出原形，時間是很好的渣渣過濾器，可以篩除虛假、濾出每個人最原本的樣貌。

每個人的個性不同，面對愛情願意付出的程度或是顧慮自然也不一樣，一開始以為的渣或許後來反而開出一朵花，也不是沒有可能。

防衛心過強的人只會在夠熟識後，相信你不會傷害他才極其謹慎地釋出善意，讓你體會到他其實很溫暖。

而許多人的渣在相遇的一開始，自然也是小心翼翼掩飾著，在夠放心之後才會猖狂表現出來。

更多人的渣是被寵出來的，他一開始沒那麼壞，是你一再退讓、太過懂事、萬分委屈自己，才讓他理直氣壯變成了個渣。

渣跟好在一開始長得很像，所以我們才這麼容易搞錯。

睡前的「晚安」這兩個字他分送好幾款到不同人手上，卻只有妳的左心室為他狂跳一晚停不下來。

她口中的「寶貝」是最省事的簡稱，只有你把這個稱呼當親暱。

給你的溫柔不是獨家訂製款，他的笑容只是嘴角沒有靈魂的弧度。

他給的如果都是別人也有的，你就別再要了。不要以為自

己的青春已經耗盡，你的那些不甘心才是最大的耽誤。

遇上了渣、談過的那場遍體鱗傷的戀愛，不會是愛情給你最大的拖累，因為識人不明而不甘心不放手的自己，才是你遲遲無法走出這段陰霾的兇手。

如果說劈腿是明顯的掉渣，感情中還有更多無法一眼看穿的荒唐行為，或是當事人不願意正視的殘忍真相。**委屈跟懂事是兩回事，身陷其中的人卻往往不想面對。**你讓自己繼續待在這段關係裡，告訴自己這只是懂事。忍了多年直到再也撐不下去，才願意承認這些年自以為的懂事全都是委屈求全。

所遇非人的感覺很糟糕，會讓人連自己的判斷力都一併否決。現在你的心發出了求救信號，要自己別再執迷不悟。

剛開始擁有愛情的時候，我們以為自己什麼都行，再多的考驗都是真心的試紙，咬緊牙關萬般相忍，都是為了讓愛人明白自己想在一起的決心。

被梁山伯祝英台、羅蜜歐茱麗葉的悲劇荼毒了太久，總相信那些折騰不斷，揪心的在乎都是真心愛著的證明。**年紀越來越大了以後，才開始明白人與人之間所有關係，不管是家人朋友或愛情，最不操心的相處才是長久之道。**

勉強自己為任何人改變，放任對方無理的要求而成為連自己都不認得的樣子，不是專心無猜的感情裡該有的遭遇，在相處中一旦感受不到快樂就是不對的。

用心相處跟不合理的付出是不一樣的，用心相處是雙方一起想要幸福起來的努力，不合理付出只是單方面逆來順受的遷就。

關於愛情這件事流傳著許多不切實際的誤會：

像是相處久了肯定會產生愛情。

相處久了不見得會愛上對方，單方面付出得夠多往往也只會收到好人卡一張。

人性還是多多少少期望有回報，付出夠多夠久對方卻理所當然一概承接，當然會讓付出者產生一些無法平衡的心情。

那些怨啊恨啊，那些不甘心都是你的心在心疼自己，在嘶吼著耗了這麼多年卻沒有換來同等的關愛。

當初是什麼蒙蔽了自己，要你無怨無悔一直付出呢？

人生的後悔往往開始於當初的一股傻氣，太瞧得起自己可以比別人來得辛苦。

這點辛苦算什麼，你覺得自己肯定可以比別人克服更多

的難題，所以年輕的時候總認為偉大的愛情就該承受得起任何考驗。

在網路上看過「只要覺得辛苦的都是強求」，這句話把總以為「不夠辛苦得來的不算數」如此扭曲的心態翻轉得特別好。

我們常誤以為愛情要夠偉大就是要懂得犧牲奉獻，這些辛苦算得了什麼，你做的一切都是為了愛。

你為了成全愛情的所有犧牲，最後會連自己的情緒都無法顧及，在瀕臨失控之際才會突然清醒，當初的自己只是個什麼都不懂、卻依然一意孤行的傻瓜。

好好愛自己並沒有很困難，首先，不必為了讓別人快樂總是在勉強自己，就是很容易開始做到的一件事。

眼見一段感情不合適卻不忍心停損，怕傷害對方只好繼續待在一段不適合的關係中，這對你來說才是最嚴重的損耗。

所謂「對一段感情負責」，並不是勉強自己守著不對的關係過完一生，願意放手的你，才是真正對自己、對彼此、對這段關係負責。

這一輩子太短，想見的人就去見，該說的話請好好說，我們都不知道今天說了再見，明天是不是能讓我們真的再見到面。

這世界並不仁慈，我們都要在每一次相遇中善待彼此。

相遇了、相愛了、卻相處不了，就請好好地結束。

別擔心已經愛錯的自己，不可能再擁有一份美好的愛情，你總要先讓自己勇敢起來堅定地離開，那正在路上朝這裡走來的人，才好筆直地來你到身邊。

年紀越來越大了以後

才開始明白人與人之間所有關係

不管是家人朋友或愛情

最不操心的相處才是長久之道

傷夠了就再去愛

分手之後有段時間，你對自己很沒自信。

他轉身離開後，你的生活失去重心、徹底歪斜，那些本來擅長的事都變成了從情傷復原的阻礙。

回到曾經輕鬆駕馭的單身生活，現在分分秒秒都是噩夢，更慘的是在你的世界裡，天還一直不肯亮。

那一身獨自生活的好本領，早因習慣依賴他被架空，你像是功力全廢的武林高手終日渾渾噩噩。

分明他說都是他不好，怎麼分手以後你的日子過得一點都不好。

每個在路上擦肩的人都顯得光鮮亮麗，只有你一個人簡直一敗塗地。

你不知道要怎麼改變自己，才能順利變身成可以戀愛成功的人。

而戀愛成功的標準到底又是什麼？

在愛人面前　好強也許會惹人心疼
但在愛情面前　只顧全自尊
就索性等著爲這段感情送終

是結婚嗎？可是你根本沒有動過想結婚這個念頭。

那要一直單身嗎？卻又想要有一個人可以風雨同路陪在身邊。

你很清楚自己不是什麼灰姑娘，沒有天真到以為拼死抓著玻璃鞋就可以真的幸福，更不會擁有神仙教母從天而降的好運。

你覺得自己更像是那只被遺落在階梯上孤單的玻璃鞋，在這荒蕪的世界落了單，被留下、被遺忘，更絕望的是根本沒有人挨家挨戶尋找著你。

你做不到為了得到愛情總是裝作一臉無辜，這麼多年獨自過著日子辛辛苦苦練就的精明幹練，可不是為了只能在愛情裡當個傻白甜。

如果有人因為你的氣場強大到不敢接近，那就讓他去追捧那些善解人意聽話的乖女孩，你跟他的世界原本就不

會有交集，注定一輩子都是路人。

人生有很多道理你在很小的時候就懂了，而且一直覺得自己也學得夠會了，只是人生不會因為你夠有自信就擅自決定放你一馬，各式各樣的衝擊跟考驗依舊接踵而來，不厭其煩驗收你自以為的學會到底有多懂得。

好比說愛情，每一次都以為這會是最後一次了，卻還是走上了分手一途。

你其實是個乾脆的人，當他表明不再愛你，你也不會死皮賴臉地不肯離開。

被愛可以簡單到只有一個原因：因為你是你，我是我，我不想要往後的日子裡沒有你。

不被愛的原因往往也簡單到只有一個：不被愛的本身就是原罪，因為你是你，我是我，在我往後的日子裡不想再見到你。

你不是會輕易認輸的人，不相信所有的相遇到最後都只會是一場悲劇，更拒絕接受所謂命中注定的分離。

談戀愛這樣的事說穿了，就是兩個想要一直在一起的人願意拼盡全力做到的過程。

我們不可能完全明白認同另一個人的所有價值觀，卻可以做到接受彼此的不同。

磨合的過程中，總要有人心甘情願讓步，一昧堅持自己的立場、爭論是非對錯，只會讓一段愛情提早死於非命。

一段枉死的愛情不光只是因為你們不夠喜歡對方，很多時候更是因為你太喜歡自己勝過對方。

總是想著要贏過對方、要證明你是對的，這樣爭論的過程中，早已讓感情元氣大傷。

試著把時間軸拉長，你在這個最好的年歲裡遇見了他，如果把對方當作是人生伴侶，接下來還有大半生的日子要共處，何苦爭個你死我活。

就算所有的爭辯你都吵贏，最終輸掉的就是這段感情。

在愛人面前，好強也許會惹人心疼，但在愛情面前，只顧全自尊就索性等著為這段感情送終。

你說你其實願意晚一點再幸福，只要可以不必一直受傷，那樣的傷不論痛過幾次都還是很疼，也會讓你害怕到久久好不起來。

你的傷痛其實比表面上看起來更難痊癒，雖然一開始受了傷，別人都以為你沒那麼怕疼。

也許是因為面對別人關心的詢問時，你的態度總是灑脫也避談分手箇中原因。

那是你太過懂事，你很明白面對這樣的不堪，旁人往往

不知道該說出些什麼得體的安慰。

你習慣用假裝若無其事來安慰那些太擔心你的朋友。

自己一個人過日子這麼久了，總覺得前方的路途上根本空無一人，哪有什麼人準備為你而來，也無法相信有誰正在不遠的前方等著要與你相遇，這樣冷靜清醒的體悟，簡直讓人生太過絕望。

就算你用力盼著、瞪到兩眼發痠，該來的那個人也不見得會因為夠心疼就提前到達。

這時候的你能做到的，就是好好過著自己特別有把握的、沒有愛情的日子，替那個還在跋山涉水趕路的人先照顧好自己。

照顧好自己不是讓還是怕疼的自己不去觸碰任何可能的愛情，照顧好自己是讓自己不去揪心數著日子過，不去眼巴巴地等著。

照顧好自己是弄懂自己的善良與難搞，天真與複雜，明白一碰到了愛情，人生就亂了分寸的你該怎樣處置。

你要先仔仔細細詳實寫下自己的使用說明，好讓他可以不慌不忙的應付你。

總得先跟自己相處好，你才知道該拿遲來晚到的這個人怎麼辦。

當你可以如此明白自己、好好獨處，平息那些心慌焦慮，自然就能安頓好自己的心。

其實我們每個人都一樣，不管是面對人生還是愛情的未知總是容易不安，而你比別人更從容一些的是，至少對於自己的人生很有把握。

世上萬物的道理往往大多相通，對自己夠有自信與把握時，那樣從容不迫的你是很迷人的，你像是什麼事都難不倒了，更何況只是談一場不會分手的戀愛呢？

冒牌者症候群

前幾年打算再訪西班牙之際，我先大概規劃要停留哪些城市並拉出粗略的行程後，就開始每天上網爬文做行前功課。

研究了好一陣子，我留意到網路上的自助旅行高手幾乎都提到一個相同的問題：西班牙高鐵非常難買。

難買的原因並不只是這是一個非英語系的國家，而是好不容易在西班牙國鐵官網上填完一頁頁複雜的選單後，毫無例外，幾乎百分之九十五的人都會在結帳卡關。

過不了關的原因眾說紛紜，有人說只有某某家的信用卡一次可以過關，有些人卻沒有那麼幸運，不管換過幾張不同銀行的信用卡去刷，怎麼試都不行。

一開始我以為自己掌握到了一項重要情報，開始一步步按照背包客高手教導的攻略，一一選好需要的日期座位上下車地點等。

我們常常預先設想人生肯定會很難　事先打擊自己
總不心軟　以爲別人口中的困難也一定會發生在自
己身上　一旦自己的日子沒有想像中難過　還擔心
是不是哪裡搞錯

終於來到結帳關卡，果然不管試了哪一家的信用卡都結
不了帳，而且試了好幾天都是一樣的結果。

雖然早就已經做好心理準備，但遇到這樣的挫敗，心情
還是難免受影響。

過往的自助旅行經驗告訴我，歐洲高鐵早鳥票票價是浮
動的，會在開賣後經過一定的期限再往上調漲一些。

當時的我處在不知道票價何時會變動，跟始終買不到票
的雙重焦慮中，坐困愁城了好幾天。

當然我也不得不承認，喜歡自助旅行的人就是喜歡自找
麻煩，但偏偏自助旅行的麻煩就是如此讓人上癮。

我每天都試著找出時間再次挑戰，就這樣持續嘗試超過
了一週，直到有一天又再度失敗後，沮喪到全身無力只
能坐在原地看著電腦螢幕發呆，被強大的挫敗感籠罩的
我整個人動彈不得。

呆滯了幾分鐘，我突然從眼前再熟悉不過的西班牙國鐵官網畫面中，看出了不一樣的端倪。

我看見了早該一眼認出的標誌：Paypal。

也許是因為在臺灣的使用率並不普及，我瀏覽過的購票教學文章裡完全沒提到結帳可以使用Paypal這個系統。

當下我抱著姑且一試的心態輸入資料按下結帳鍵，不到一分鐘全部搞定。

終於搞定的當下，我的情緒很複雜，說不上來是開心還是難過。

分明一個如此簡單的動作就可以解決的事情，卻因為一個莫名的堅持白白浪費了好幾天的人生。

我們常常預先設想人生肯定會很難，事先打擊自己總不心軟。以為別人口中的困難也一定會發生在自己身上，一旦自己的日子沒有想像中難過，還擔心是不是哪裡搞錯。

總以為自己並沒有比較特別，怎麼可能會輕易就比別人幸福，往往對自己的優點視而不見，更對自己的專才沒有把握。

後來你會更訝異的發現，很多你以為自己將要遭遇的不幸，以為就要來到你身上的衰事，最後根本通通沒有發生。

你是不是也有著不敢相信自己可以這麼簡單就幸福的
「冒牌者症候群」？

**當感受到被愛、努力了許久終於成功的時候，卻反過來覺
得自己好像配不上這些肯定，不應該得到這樣的幸福，內
心深處覺得自己是「冒牌者」，冒充了更值得得到這些讚
美與成就的人，這就是所謂的「冒牌者症候群」。**
總以為幸運來得太過容易，除了無法相信之外，更不能
接受的是自己怎麼可能會擁有這樣的好運。
於是，你親手毀掉幸運，甘願屈身於不幸當中，以為那
樣顛沛流離才是自己的命格。

「冒牌者症候群」會無法坦然接受肯定與讚美，總是質
疑自己的能力，面對自己的成就也往往挑剔再三。
這樣的心態造成大多數初戀的失敗，失敗的原因除了當
時的雙方都太過幼稚之外，更是我們都預設了「初戀是
不會成功的」這樣的立場。
在那樣的年紀裡，談的愛情幾乎都是眼睜睜等待著受
挫，並滿意驗收自己的傷痕累累與夜夜哭不乾的淚。
「冒牌症候群」在人生太過順利時會擔心起不幸就要發
生，恐嚇自己，是我們從小到大最擅長的手段，偏偏威
脅的對象正是最該善待的自己。

不停質疑自己的能力對未來並沒有幫助，你應該要坦然面對得來不易的成就，畢竟沒人比自己更明白這一路上你是怎麼苦過來的。

人在變得強大之後就有底氣可以看輕絕望，才會在越來越難以撼動後輕易忘記了自己曾經有多不堪一擊。

你也怨懟過兒時的種種缺乏，後來才明白那磨練出多好的自己。

後來，這麼美好的你讓自己甘心忘卻曾經刻骨的痛，也忘了這一路上的自己交出了多少眼淚。

明白了這樣的道理之後，到底要如何擺脫唱衰自己、老是覺得自己是冒充者的念頭呢？

說來其實也不難，**就從每天找出一件微不足道的小事稱讚自己開始，就算是件壞事換個角度解讀也可以找到正面的意義。**

再把自己到目前為止的成就一一列表，客觀評估如果這樣的成績是別人達標的，你會如何評論他，覺得他平庸嗎？還是實在不簡單？

自信不是盲目的肯定自己，自信是對自己一個又一個的滿意累加起來的結果。

當你看自己越來越順眼，連缺點都愛得下去，那就再也沒有什麼困難值得讓你皺了眉頭。

人在變得強大之後

就有底氣可以看輕絕望

才會在越來越難以撼動後

輕易忘記了

自己曾經有多不堪一擊

04

等你決定
喜歡你自己

就算自己一個人把日子過得很好

時間久了還是浮現想要有個伴的念頭

但你不太清楚自己想要什麼樣人陪著

無法具體描繪出對方的樣子

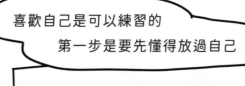

好好跟自己相處可以強大自己內心的力量

進而相信自己
捨得自己原來並不完美

明白了自己的好是獨一無二的存在
明白自己值得最好的對待

那時的你便能踩著最舒適自在的步伐

慢慢長成你願意喜歡上自己的樣子

你不再提心吊膽

自己是哪裡不夠好才被討厭

你不再費心去把誰討好

明白應該全心討好的人是自己

等你決定喜歡你自己

就算自己一個人把日子過得這樣好，時間久了，你還是浮現了想要有個伴的念頭。只是，你不是很清楚自己想要一個什麼樣的人陪著，或是說你無法很具體地描繪出對方的樣子。

都活到這樣的歲數了，當然不會再如同年少時那樣天真地列出清單一一比對，非要等到那個能夠拿到滿分的人才允許自己心動。

這樣的改變不是因為妥協，不是因為單身多年讓你輕易讓步。

你不急著找個伴，比起積極尋覓可以取暖的另一個體溫，相對無言的心寒更讓人退卻。

你很明白在單身的日子裡把自己照顧好是最重要的大事，畢竟就算最對的那個人也不一定懂得如何以最對的方式對待你。

會討厭自己是因爲你一開始就設定錯了目標
逼著自己變得太不像樣
不像樣的自己不但彆扭做作　不討人喜歡
更無法清楚定義你最初的模樣

年紀漸長的你越來越明白一些不可逆的真理，人生在世的長短不是操控在我們手上，但至少停留在這人世間時的情緒可以靠自己掌控。

有時候連要看自己順眼都不是件太容易的事，更別說要在茫茫人海中找到那個夠順眼的對象。

這個人要好到讓你義無反顧拋開原本的自在舒適，趕赴另一場完全沒有把握、對錯沒有標準、成敗取決在兩個人的考驗來了結單身，不可控的因素多到讓人卻步。

單身多年，你始終搞不清楚自己的問題出在哪裡，只能鴕鳥似地樂觀推斷是別人不懂得欣賞你的好。

你真的是很好，具備各方各面的夠好。

好到可以把自己照顧得很好，好到可以把日子過得很精彩，但你也免不了懷疑是不是把自己過得太好了，才遲遲找不到那個可以在一起很久的人。

這一路走來那些像煙火般炫麗奪目的心動沒有少過，只是通通很短命，活不過可以相處到讓人發膩的長度。

你知道這樣的惡性循環肯定有些問題，只是不知道問題出在哪，到底出在自己身上還是別人。

傳奇樂團Queen傳記電影《Bohemian Rhapsody波西米亞狂想曲》在某一段故事裡，描述了Freddie遇見他此生最後一位戀人Jim Hutton的一開始，根本沒有打算認真。

他以近乎性騷擾的方式接近對方，被對方嚴厲斥責後，兩人反而因此卸下心防相安無事地徹夜長聊，最後，Jim Hutton告訴他：

「我也喜歡你Freddie，但，等你決定喜歡你自己再來找我。」

等你決定喜歡你自己，再來找我。

姑且不論兩人相遇情節的真偽，在這段故事的描述裡，分明是初初相識的Hutton卻一眼就看懂當時的Freddie因為根本不喜歡自己，連帶虛耗人生縱情聲色荒唐度日，對待愛情並不誠懇。

這樣自暴自棄的他，被初見面的Hutton毫不保留直接點明。

當時功成名就的Freddie用夜夜笙歌遊戲人間的模樣，掩飾自己內心的空虛，他只想用榮華富貴交換一夜夜的激情與歡愉，卻在每一個清醒的日子，只有無盡的寂寞孤單作伴。

得到了最渴望的成功卻把最初的自己給搞丟，更逼走了真心對待的朋友。這難道會是他真正想要過的日子嗎？他空洞的雙眼自然給不出真心的答案。

單身多年的人當然不見得在面對愛情時都如此玩世不恭，只是，最終你必須願意好好面對並且跟自己真切對話，平心靜氣直視一個最根本的問題：
你喜歡現在的自己嗎？

人生所有的困擾與難題，歸咎起來都會回到同一個最基本的問題：
你喜不喜歡當時的自己。
當你不喜歡自己原本的樣子，就會用盡力氣想扮演成別人應該會喜歡的模樣。
當你不喜歡自己最初的個性，就會逼著自己變得圓滑、看懂臉色要像個大人。

你羨慕那些看起來風光的人、那些看起來討人喜歡的人，決定變成像他們的樣子，最後卻落得不認識自己的下場，更無奈的是你也不喜歡自己改變後的模樣。

這樣糾結的過程都是因為我們不夠認識自己，還不明白原來自己不需要改變就能夠很可愛，很值得被愛。

喜歡自己是可以練習的，學會喜歡自己的第一步是要先懂得放過自己。

過去的錯誤已經造成，不要擺在心裡把自己反鎖。

偶爾負面沒關係，誰的人生不是起起伏伏交錯。

提不起的就輕輕放下，別再費力承擔別人的人生。

人生路上的跌跌撞撞已經太多，你實在不缺多餘的情緒來勒索自己。找不到可以喜歡的優點，就先找出可以肯定自己的地方。

準時不遲到值得肯定，重視朋友講義氣值得肯定，找出這些小小的好跟別人不同的長處，慢慢累積起來就會讓你更加喜歡自己。

一天一天慢慢發現，一天一天越來越喜歡，也會更加更肯定自己，戒掉凡事容易自責的壞習慣，透過這樣的練習，你會更加懂得怎樣對待並且跟自己相處。

學會好好跟自己相處就能底氣十足，擁有越來越多的自信，捨得自己就算並不那麼完美卻是完整的你，有好有壞、善良與世故摻雜構成天下無雙的你。

那些我們討厭自己的部分都是比較出來的，總是羨慕別

人的風光，卻忽視了一路走來自己並非毫髮無傷。

學習跟自己相處是每個人一輩子的課題，你要去搞懂自己就是朋友不多，有點孤僻，偏好獨處偶爾自卑。

當你明白長袖善舞自己並不拿手，獨處或跟兩三好友相處才最舒適，就不會被迫成為Party Queen、萬人迷，一旦做不到又被挫敗感困擾，進而討厭、否定自己。

會討厭自己是因為你一開始就設定錯了目標，逼著自己變得太不像樣。

不像樣的自己不但彆扭做作、不討人喜歡，更無法清楚定義你最初的模樣。

一個夠瞭解自己的人因為明白了自己的可愛，就算被別人擺明了討厭，還是能理直氣壯喜歡著自己。

一個夠喜歡自己的人，不但對人生認真看待，對感情當然也一樣，不會輕浮對待每一次難得的心動。

你不再提心吊膽自己是哪裡不夠好才被討厭，你不再費心去把誰討好，明白應該全心討好的人是自己。

你的日子不再過得小心翼翼或縱情喧嘩到讓自己旁人都生厭，你明白了自己的好是絕無僅有的存在，你值得最好的對待。

那時候的你就能踩著最舒適自在的步伐，慢慢長成願意喜歡上自己的樣子。

最棒的報復
不是懷恨在心

人生在世避免不了傷害別人與被別人傷害，是有心或無意抑或是下手的輕重程度都不是重點。如果避免不了被傷害的可能，就該試著把重點擺在事後，事後自己心情怎麼平復與如何可以盡快修補的辦法。

心情能不能平復或許取決在每個人的個性以及在乎的重點，要花多少時間修補心情，當然每個人也大不相同。

賠上一輩子怎樣都無法原諒的執念太過慘烈，不僅得不償失也不太聰明。

指望加害者大徹大悟的悔過來讓自己比較好過，更是太過天真的期待。

不得不說加害者會有的良心不安，很多時候只是一閃而過的念頭，更可能永遠不會浮現。

相較於你日日夜夜的掛念，他根本無關痛癢。

他的日子總是逍遙快活，你卻日日夜夜牽腸掛肚，這樣

原諒本來就不是爲了讓自己人格高尚
或是因此而更加偉大
「原諒」這件事從來不是爲了對方
而是爲了自己

的狀況不管如何算計都不是太划算。

有些人堅持「原諒」這樣的事是不能夠任意交出去的，那會讓當初的傷害顯得太過輕微，好像不管做過多麼傷天害理的事都可以輕易就被遺忘。

自己的傷口如此真實地存在，不論多少年過去了，也分明還持續在疼，卻為什麼大家都要你放下，又為了什麼加害者的悔恨如此名正言順，遠比你的傷痛來得讓人萬分同情。

原諒本來就不是為了讓自己人格高尚或是因此而更加偉大，「原諒」這件事從來不是為了對方，而是為了自己。是為了讓自己可以真正的放下，是為了放過自己可以把日子繼續好好過下去，更是為了不再讓那些不堪的過往苦苦糾纏、為難自己。

原諒是件困難的事嗎？原諒對受害者來說，到底是一種好不容易迎來的解脫，還是不得不大方的表現？

很多人無法選擇原諒是因為當初留下的傷害還沒有過去，當時的委屈至今尚未完平復、那些曾經流下的淚總不該白白浪費，陳年的傷口也許已經成疤，觸碰到時卻還無法完全麻痺。

周遭總有些事不關己的人要你放下過去原諒對方，在他們口中依然堅持怨懟的你，簡直是個錙銖必較的庸人。

難道他們痛過你的痛？

難道他們傷過你的傷？

選擇了原諒，你心中的那些委屈怎麼化解？

選擇了不原諒，難道將來要帶著恨意過完餘生？

你總是在兩難之間掙扎，這樣的為難他們可能不會完全懂得。

要能真正做到「原諒」之前，這些難以擺平的拉扯會在心裡折磨自己很長一段時間，你會在過了很久之後以為自己已經放下，卻在講到這段往事時依舊憤恨難平到連淚都停不下來。

原諒到最後是怎麼辦到的呢？

是所有的委屈跟恨意取得了平衡，你終於放過了自己。

是你明白了一直帶著這些情緒只會帶壞自己的好日子。

你終於能抒解了一切的仇恨傷痛，不再夾帶著這些不堪貼著自己分分秒秒一起呼吸過活。

那時候的你並不是逼著自己裝作大方去原諒，或者因應別人的要求只好決定放下。

而是你的心態已經強大到足以做出一個選擇，這個選擇是心甘情願的釋懷。

當你可以選擇原諒對方或者不原諒對方，那時你的不原諒已經足以對他造成傷害。

而不管你的選擇是什麼，更重要的是都不關其他人的事，旁人的耳語對你來說也已經微不足道，不足以撼動你甚至影響你的任何決定。

你如今具備這樣強大的氣場在被傷害的當時，肯定是沒有的。

那是這些年的你沒有放任自己被那些傷痛牽絆而懷憂喪志，面對人生如此的刁難，你依然勇於面對還用盡最大力氣克服了。

這麼多年過去，提及往事還是會感受到情緒被牽扯，卻已經不再疼痛難耐了。

你的原諒並不是遺忘對方當年的傷害，他的惡意本來就不該被輕易忘記，你更不需要如此大度去包容，大可與他從此陌路再無瓜葛，讓他清楚明白且淡出你的人生。

我們能做到最好的報復不是看到他最終落得不好的下場，最好的報復是：

我不會輕易原諒你，但我已經忘卻你曾經帶給我的傷害。
已經有能力放掉苦痛的曾經，讓自己繼續好好過著日子。
在你強大到不再輕易被他憾動之後，當年的他帶給你的傷痛事到如今早就不虧不欠、相忘於江湖了。

他的往後與你的將來再無相關，關於他，在你的記憶裡只有一個模模糊糊的曾經，情緒淡到不可能被提起，你根本不想多花力氣再去怨恨一個人生的過客。
至於，他是不是會帶著愧疚度日，或許你的原諒根本可有可無都再也與你無涉，你只想過好與他無關的餘生。

當你的原諒是接受了人際之間的往來總有被傷害的可能，
你的釋懷是明白對方任何行為對你來說再也無足輕重。
現在你如此雲淡風輕才能真正讓他惱怒，因為他明白自己
再也不具備足以傷害你的能力，他的任何言行舉止你通通
無感。
你現在的淡然已經可以選擇不必刻意原諒他，只需要慢慢淡忘他曾經如何惡毒地對待你，把人生剩餘的心思拿來記得別人對你有多好，這才是更重要的人生大事。

原諒到最後是怎麼辦到的呢？

是所有的委屈跟恨意取得了平衡

你終於放過了自己

是你明白了

一直帶著這些情緒

只會帶壞自己的好日子

全世界
都要為你的幸福讓路

我有個朋友他有個特別的習慣，每當經歷一次不好的遭遇後，便會積極製造新的機會去洗掉舊的記憶。

洗掉記憶的方法很簡單，就是讓自己再去做一模一樣的事情，讓新產生的美好記憶覆蓋掉舊有的。

當他不小心吃到一家很難吃的餐廳，就會再去吃一頓一模一樣的料理，比方港式飲茶、牛排等等，讓美味食物填滿記憶洗掉難受的曾經。

針對這樣的行為他個人的解釋是：

因為太喜歡這道料理，不想要因為一次失敗的經驗從此放棄這道美食。

而這樣的習慣也連帶貫徹到「戀愛」這件事上，他從不避諱帶著新的愛人舊地重遊。他的解釋同樣是：

因為太喜歡這個地方，不想要因為一段不好的回憶從此列為禁地，此生再也不來。

兩個人在一起不光只是因為適合一起過日子
更是非得要是他　只能夠是他

我追問他，難道沒有擔心過舊地重遊會讓不好的回憶湧
上心頭嗎？

關於這一點他的心態也很健康，**對於過去早就已經釋懷
了，不是對曾經的那個人釋懷，是對那段感情釋懷。**

能在茫茫人海中相遇，還在最對的那一瞬間看見彼此，
也為對方心動了，鼓起勇氣告白，好不容易走在一起，
這些最難得的剛好當然都是千百年難遇的奇蹟。

但是地老天荒卻不是那麼容易可以走到的，最初起心動
念的相愛，往往輕易就被難熬的相處磨去炫目的光彩。

**兩個好人也不見得能談成一場好的戀愛，兩個好人也不見
得能夠真正適合彼此。**

**當初在一起的時候，已經用盡全心全意對待這場相遇，就
沒有什麼可以遺憾的了。**

我們每天每天都在全新開始的一天中又重新再活一次，

都有機會再遇見各種新的可能。

這些新的可能或許會讓我們更加喜歡自己的人生，所以更應該要努力繼續跟新的遇見一起製造美好記憶。

他並非天生如此樂觀，只是願意說服自己放手，讓過去真正成為過去。

很多時候走不出一段過去，全是不甘心死命拉住了自己。

你會因為不好吃的食物就不再去這家餐廳，但不會再也不吃相同的料理。那麼，為什麼只是談了一場不開心的戀愛，就決定自己這輩子不再愛上誰？

你當然可以試著用新的記憶洗掉壞的過去，而不是一直把自己牢牢綑綁在傷痛之中。

走出來沒有想像中那麼難，最難的是那個你願意為自己踏出的第一步。

人生很長而這世界其實很大，在這一路上還會再遇上一些人，有些緣分只能擦肩、有些人只會短暫駐足，你很清楚這些人雖然只是乍然出現，卻也足以擾亂你那易感的心。

這樣來來去去的際遇太多，日子一久，你麻木到早已不想再刻意用心等待。

你安安靜靜過著一個人的日子，在不知道過了多久，在

已經忘了年歲的時候，會突然有那樣的一個人不疾不徐、緩緩來到。

初初見他時並不覺得有什麼特別，日子久了，才發現原來你們已經並肩走了那麼遠，到了現在更發現已經沒法把他放掉。

你的好強毫無意外曾經逼走了一些人，卻只有他懂得這樣的逞強是用太多脆弱堆出來的柔軟。

你曾經遲疑過，擔心太依賴一個人會瓦解自己練習了這麼久的堅強，卻只有他不怕不躲仔細收下了那麼多傷心，在你刻意躲藏時一定會把你找到，靜靜陪著哭到太狼狽的你。

他擔心你太愛逞強，他知道你不輕易認輸，因為人生的傷口那麼相像他總是輕易讀懂你的沉默，在他面前你可以不必懂事也不用那麼聽話。

你理直氣壯地平凡、不總是那麼美麗，偶而也會使壞，你恣意展現各種面貌的自己，還以為他會因此不耐煩轉身走掉，但在那麼多人之中他還是只想對你好，好到要讓全世界都知道。

你一直都知道自己要的不是那個最好的人，別人口中的最好都僅僅是條件有多好，那些外在的欽羨都比不上你感受到的他對你多好。

他見過最好的你也安然接住了最糟的你，他比你還瞭解你自己。

在相處過後，你同樣理解他過往疼痛的遭遇。

在還沒有遇見對方之前，你們都好好過著自己的單身不依附他人。

愛情對你們來說，不是缺少了的部分要對方補足，而是一個人過得很好了之後，人生迎來了彼此的到場，兩個人一起還要能夠更好。

如果人生中多了一個人並沒有變得更好，那麼，這段感情就不是自己該要的。

你們之間有的不是說不完的甜言蜜語，而是對彼此人生的全心參與。

你曾經一度以為命運老愛對你惡作劇，光是捉弄真心根本不給你一條活路，你明明要的是一份獨家的愛情，你要的是全世界都要為你的幸福讓路。

直到遇見了他，你才釋懷了有些人就是要遲到迷路這麼久，才會來到身邊的理由，那是為了讓好不容易的遇見不要再被自己的膽小攪局，不會再輕易放手負氣離去弄丟了對方。

相愛是奇蹟，相處是修行。

一段感情到最後的心灰意冷大多是相處到心力交瘁，多年來的包容與退讓最終被視為理所當然、不再心存感謝，甚至已經不再懂得珍惜。

分明當初說好的是兩個人的幸福，怎麼只剩下你一個人在辛苦。

你不是要找一段完美到無懈可擊的愛情，你要的是一個可以一起勇敢負重前行的人。

兩個人在一起不光只是因為適合一起過日子，更是非得要是他、只能夠是他，你就會有滿滿的勇敢、有足夠的把握讓以後的日子過得夠好，好到終於能放心把傷心通通都戒掉。

就算曾經被傷到體無完膚，曾經那樣的沮喪、失望過，也不要以為自己沒有選擇。

在一個人的時候還是要把日子過好，就算生活並不順心，還是要照顧好自己的心。

那段時間的你不是忘了快樂，只是還不習慣好好開心。

當你努力走過了那段不見天日的曾經，耀眼的陽光就會更加暖心。

後來你人生的最難得是找到了一起解決困難、甘於平凡度日的人。

終於能在愛情裡肆無忌憚的耍賴，再難堪的樣子都好好被收進他的笑容裡，他也放寬了心相信自己值得你的一心無二，但你可別忘了要再三提醒自己，不要讓不知克制的任性把他氣走。

你們要在亂世中當對方的依靠，記得善待彼此始終溫柔相對，讓世間的醜惡都無法輕易打擾你們的愛情。

你的好強毫無意外曾經逼走了一些人

卻只有他懂得這樣的逞強

是用太多脆弱堆出來的柔軟

戒斷吃苦上癮的人生

已經習慣必須拼盡全力過日子的人，很難明白別人口中的放輕鬆到底該怎麼做。

難得一個假日，美好的一天就要開始，你對自己發表堅定的宣言：

今天要整天賴在沙發上。

點起薰香燈準備好豐盛的早餐，就連天氣都很配合，還透著暖暖的陽光，你舒服享受著什麼都不思考的空白，打算這一整天好好地追追劇聽聽音樂看看書。

擺爛耍廢一開始感覺相當美好，就像曖昧一樣不必擔起責任，只需要全心體會就很美好。

一天的時光還很長，你一點也不心急，還有大把的悠閒可以消磨。

劇情的安排原本應該是這樣的，誰知道才幾個小時過去，你整個人就被罪惡感盤據。

人生當然該有戒備全力拼鬥的緊繃時刻
但懂得適時的放過自己才是更重要的調整

要廢的決心敵不過心裡滿溢的罪惡感，明明才放鬆沒多
久，就擔心起自己這樣懶散下去，終究要成為一個真正
的廢物。

你這無謂的發愁就像一筆勾消了自己這幾十年來，為了
生活不曾停下的腳步、不輕易放棄的拼命，一路走來的
辛苦都像是不算數。

沒有人喜歡吃苦，但你簡直是吃苦上癮。

**忙碌對你來說比較像是一種保證，保證自己將來肯定會有
成就。**

這樣沒有約束力的保證竟然讓你意外地放心，就算這樣
虛無的保證跟聖誕老人一樣並不存在這個世界上。

比起失敗帶來的挫敗重重擊垮自己，你更擔心的是不夠
成功的自己，拖累別人還讓他們覺得失望。

你早就習慣把別人的情緒及期許看得比自己的還重要，

你花了大半輩子的時間都在滿足別人的希望、別人的要求。

你被成功的假象迷惑，以為天天忙到廢寢忘食才是自己最有價值、最該有的樣子。把自己埋進忙碌的保護層裡，就可以光明正大謝絕感受外界一切喜怒哀樂。

說穿了，你如此沉溺於忙碌與吃苦並不光只是為了要趕上別人的成就，更是為了逃避必須面對的種種現實。

現實世界裡人際的往來、情感的維繫、家人的羈絆，這些感性卻也顯得自己脆弱的存在，被你一概拒絕。

你以為把日子過得忙碌，就可以規避感受現實世界，所以不能停下腳步，一旦把生活慢下來，就必須面對人生裡那些無法處置的難堪。只要慢下來，就要接受自己居然如此不足。

你在矛盾的情緒中掙扎，想要用快速的腳步、運作不停的節奏掩飾內心的不安。

你對成功的貪圖與依戀，豢養出情緒失控的怪物，這怪物對你需索無度不知進退，為了阻止自己多想，你任由怪物將自己生吞活剝。

你成為一個舉止合宜謙讓有禮貌的大人，卻情感麻木活像行屍走肉。

開始願意讓生活的速度慢下來是近幾年的事，你說應該
是因為年紀到了，開始願意面對接近真實的、不夠完美
的自己。

年紀大了之後，才敢於面對自己原來也有渴望當廢物的
心情，開始調整心態成為很能享受耍廢的自己。

**人生當然該有戒備全力拼鬥的緊繃時刻，但懂得適時的放
過自己才是更重要的調整。**

為什麼人們常愛拿「年紀大了」來當做人生上半場與下
半場之間的分野，那是因為在上半場的人生裡，我們總
是身不由己。

那時的人生只能任由他人安排，走著他人指引的道路，
最大的叛逆僅僅是故意摺短的膝上裙、爭奇鬥豔的髮
型、滿口不知修飾的言論，或是刻意與他人不同的誇張
行為。

**那時候的我們總是不容易快樂，這世界處處充斥著傷人的
比較。**

**既然做不到大人口中的別人那般優秀，也只能拼命做到讓
他們也可以拿著你去四處炫耀作秀。**

大人質問你的成績為什麼不見起色，卻不關心你的心情
總是酸澀。

沒有人傾聽的心事只好藏得特別深，大人卻以為這樣的

你安靜懂事又聽話。

聽話了這麼多年，忍氣吞聲的上半場終於都過去了，活到了後半場的人生好不容易可以讓自己試著拋下束縛生活，活得更貼近自己也更敢於展現真實的自己。

以前總是擔心真實的自己不會被喜歡，才用乖巧懂事聽話仔仔細細把他遮蔽。

現在的你不想要再多做掩飾，要用最舒服的姿態去面對這個吃人的世界。

因為看見最真的你而留下來的，才是真的可以一起走上一輩子的。

因為看見最真的你沒有嚇跑的，才是能夠不論晴雨都笑著面對的。

人生上半場的你雖然被逼著必須提早世故，你還是由衷感謝那些傷害過你的人，讓你在人生的道路上那麼快跌倒，早早學會了優雅的起身姿態。

你的走運是在經歷過這些之後，當人生的下半場終於來到，還可以一直保有著天真，那是因為身邊總會適時出現那些賣力寵你的人，淡薄的親情被友情愛情陸續接力填補，原來老天爺從來都捨不得你太過獨立。

你現在明白了，自己忙碌了這大半生吃盡這些苦頭，最

終只是為了「值得」這兩個字罷了。

希望這人生值得大半生的奔波，希望這人生值得所有咬牙吞下的難。

繼續努力走著，當你發現世間每條路上的景物都在倒退，那表示你真的在往前進了。

你看著春天像是朝你走來，你看見一直等著的人也終於來到身邊，這些等待了好久好久的好事終於一個個發生了，只是為了讓你明白一切吃苦之後的值得。

輸了也沒關係

失敗的故事只有一個樣子，成功故事的背後往往有太多不見天日的努力，才能拿下人人稱羨的輕而易舉。

人性普遍對失敗的故事提不起興趣，卻又總是無法衷心替別人的成功開心，忙著嫉妒別人的好運，而忽視了他嘴角早已無力飛揚。

在韓劇《請回答1988》裡有位主角崔澤是名圍棋大師，年紀輕輕才十來歲的他已經拿下圍棋界的大滿貫——全世界重要圍棋比賽的所有冠軍。

具有如此驚人成就的他，卻在每一次出征前依然熬夜準備，熟讀棋譜絲毫不敢鬆懈。

每一次賽事結束前他不進食，不與人交際，總是一個人關在飯店房間全神貫注、調整自己進入最佳狀態。

有一回常勝軍阿澤輸掉了某一場比賽，消息傳回社區，

怕輸倒不是因為自己承受不起　不想丟臉
怕輸更多的原因是擔心讓其他人大失所望

感情親如家人的大人們互相耳語提醒：

「不要問，阿澤會難過。」

「不要提，大家裝沒事。」

那天晚上，他的死黨五人幫照例聚到了他的房間裡，疲憊又沮喪的阿澤窩在角落不發一語。

看到他的第一秒，五人幫每個人毫不客氣，你一言我一句輕輕鬆鬆打鬧著：

「唉呀，你輸囉～也該輸了吧。」

「唉呀，你總不能一直贏吧～別人怎麼活呀。」

好勝的他心情還是很鬱悶，臉上沒有笑容，嘴裡不服輸的回嘴爭辯：

「我只是失誤了。」

沒想到大家不但沒有安慰他，反而口徑一致七嘴八舌繼續吐槽：

「失誤？最好是啦！你是圍棋大師阿澤耶！你怎麼會失誤！」

接著就聽見其中一個人說：

「輸又怎麼樣，下次再贏回來就好啦～」

這句話一說完，五個人一起點點頭溫柔微笑看向他。

輸了又怎樣？你還是你。

你贏了我們當然替你開心，但就算你輸了，你還是你呀～一點也不會影響你在我們心中的重要性。

輸了也沒關係，當所有人都在期待你又攀上另一座高峰，只有這群人擔心你過得好不好、是不是打拼得太過勞累。

是他們的存在讓你堅定的相信就算輸了也沒關係，你還會是他們眼中的你。

那些在你最風光時接近的人，當你落魄時會毫不遲疑離開，之前的噓寒問暖都只是刻意討好。

而不管你成功失敗始終陪在身邊不曾離開過的朋友，希望的從來不是你戰無不勝、不會輸只能贏，他們只一心願你日日夜夜安好。

當全世界都在為你的成功喝采，只有他們心疼你為了要贏有多心力交瘁。

那些平常看起來堅強的人，每次出手都像是很有把握的

人，大家總以為他們肯定沒問題，但其實越常贏的人往往更怕輸。

他的怕輸倒不是因為自己承受不起、不想丟臉，他怕輸，更多的原因是擔心讓其他人大失所望。

就像阿澤，面對每一次的比賽都是一個全新的開始，會影響結果的變數太多，沒有誰會比誰更有把握。

他能做到的，除了沒日沒夜研讀棋譜，維持自己最好狀態外，平時沈默不多話的他面對巨大的精神壓力，其實常會頭痛、失眠，還必須靠抽煙抒解壓力。

沒見過他這些辛苦的過程就不會明白，他那看似毫不費力的成功有多麼得來不易。

在氣力放盡的比賽過後當然哪裡都不想去，如果可以的話，只想靠在能夠給他溫暖的肩上歇息。

每次出發比賽之前，他最想聽到的一句話不是加油，而只想聽到在乎的人對他說：

「輸了也沒關係。」

某天晚上阿澤又將要出發，在小小的社區裡遇見了德善——自己愛了許久的女孩。已經在棋院為賽事準備了一整天，疲憊的他累到連眼睛都睜不開，見到德善時，還是展現出最溫暖的笑容。

德善擔心地追問他是不是又忘了休息而讓自己太過疲

傷，他先是耐心安撫了她，在離開前，很在意地小小聲
追問了一句：

「德善呀，我是不是輸了也沒關係？」

女孩用力點了點頭，開朗肯定地說：「對！輸了也沒關
係。」

聽到這樣溫暖的回答，阿澤閉著眼睛掛上了微笑，讓自
己放心地靠在德善的肩上偷得片刻休憩。

人生路上的難題就算早已經歷過千百次，每一回不得不
去面對時，總還是會有恐怕跨不過去的擔心。

難免會想拖延、會逃避著不想要面對，再身經百戰的人
也不可能有百分百能勝出的把握。

在那樣脆弱的時候，在最是無助的時候，真的很需要知道
如果真的克服不了這一次的難題，那一盞燈會不會依舊徹
夜點亮等著自己回去。

如果失敗了，那張溫暖的笑臉是不是還會揚起。

如果失敗了，在他心中自己是不是還依然重要。

我的重要性不是因為總是會贏，更不是因為這樣讓你夠有
面子。

是那些一起度過的每天每夜，那些細細瑣瑣的關心、退
讓包容、爭吵、翻白眼冷戰，是我們長久以來的相處所
累積聚集起來的情感，讓我顯得重要。

對你來說我很重要，只因為那就是我，沒有其他附屬的原因，沒有太多外加的光環或條件。

那些會對你說輸了也沒關係的朋友，在大家都開心你贏得多風光時，他更擔心為了贏，你經歷過多少風雨。
他想對你的話往往很簡單，簡單到只有短短幾個字：「輸了也沒關係」。
輸了也沒關係，偶爾的挫敗不能完全代表你。
輸了也沒關係，總要讓給別人一次贏的機會。
輸了也沒關係，沒放棄自己比贏過別人重要。
輸了也沒關係，因為你已經夠對得起自己了。

太過善良是種耽誤

跟老友聚會是抒壓的事，認識多年，還能夠陪在身邊自然是臭味相投，這樣難以取代的情感，在彼此之間不會有功成名就的比較，只有互揭陳年糗事的胡鬧。而中年人的聚會在笑鬧夠了之後的某個瞬間，總會突然感性了起來。

前幾天，我跟一群已經認識像是一輩子的死黨們歡聚，在大家笑到都累了的時候，突然有感而發：

「我們以前那麼拚命努力想要成功，不想活得太過平凡普通，現在回過頭去看，才明白**以前最瞧不起的平凡，居然是現在最想到達的彼岸。**」

這段話讓原本因為回想年少時數不盡的荒唐，笑倒一地的大家瞬間清醒了過來。

年少時的我們瞧不起平凡，以為當一個普通人很容易，甚至非常不屑。

江湖上哪有這麼多刀槍不入的軀殼
還不是因為不想輸的決心夠堅定
才一步步逼著自己撐到了今天

學校大門前那條怎麼走都走不完的紅磚道、考不完的試
背不完的書，都成了青春的印記。

當時天真地以為從學校畢業就是自由與解脫，卻沒想到
進入社會也進入另一個更漫長煎熬的煉獄。

長大後才發現，找個談得來的伴、做著喜歡的工作、好
好過完每一天，像普通人一樣生活竟然如此困難，這些
你我當初最不屑的平凡全成了長大後最難的追求。

回想這一路走來，為了成就不凡而把自己逼到死角，分
明知道腳踏實地才能走得夠遠，但總是踮著腳尖過日
子，一心只想搆到頭頂上那過高的標準。

在那樣暗無天日、拚死拚活的時間裡，只懂得奉行唯一
準則：

現在對自己有多狠，未來就會有多神。

如今早就把自己武裝成百毒不侵般刁鑽，逞強鬥狠也成

了種習慣，硬生生戒除容易拖累自己的心軟，未來的日子裡彷彿只剩揚名立萬與自己有關。

江湖上哪有這麼多刀槍不入的軀殼，還不是因為不想輸的決心夠堅定，才一步步逼著自己撐到了今天。
每個人都得走過這一回，眼看自己拼得累到沒有退路，還是沒有像樣的成績。
每個人都有過再努力也拿不下一次勝利，別人眼中自己的勇敢不留餘地潰堤。
像這樣沮喪的時候難免怪罪是自己太過普通，才無法打造出一個不凡的人生。
這個世界上哪來這麼多強大到可以面不改色單手舉起地球的超人，那樣大的力量要靠一個個再平凡不過的我們集結，那些總是讓人稱羨耀眼的成就，也得要你我的平凡人生出手成全。

不是年紀大的人喜歡拿經歷過什麼來說嘴，是那些狠狠痛過的學會總讓人記得特別清楚。
不管是見夠了人情的冷暖或是人生的無常，我們經由人生課堂上血淚的曾經被教了一回又回，終於都變成了喜怒不再輕易形於色的大人。
那些看起來不好親近的人，也都曾經是個熱情大方、笑臉迎人的孩子。

曾經嘰嘰喳喳迫不及待要分享的心事，後來都沉默收進被碾壓過的殘破情緒，好好管理著。

不分你我總是一股腦想對人好的熱絡，也被一次次的出賣凍結成鐵石心腸。

終於也變成了面對他人懂得保有戒心，不再以為他們都會是善良的。

平心靜氣接受不是人人都懂得設身處地，更明白偶爾自私一點只為自己想並不是世界末日。

面對人生的不順遂，也有了跟年少時不一樣的坦然，挫敗的發生是必然，成功除了實力往往也得靠些好運。

至於一輩子都擺脫不了的人際關係，放下了害怕不被喜歡的煩惱，看清了即使親如家人也不見得能夠合得來。

從前總是善惡分明，面對討厭的人總不肯多說一句，現在也成了懂得做足表面禮數的大人了；面對合不來的人不必總是怒目相對，若無其事反而是更好的應對。

那個一認識了新朋友就急著對人好的少年，現在處理起人際關係也懂得要拉出警戒線，**不再一見面就推心置腹，也懂得拉開距離客氣生疏的相處。**

太過善良是種耽誤，設身處地在大人世界裡可有可無。

現在心安理得過著日子，是因為昨日對自己狠下心苛求

過，才讓那些曾經的「想要」都真正「得到」了。

走到了今天，突然想起以前讀過的那句話：

不逼自己一把，都不知道自己有多優秀。

這一路上汲汲營營追求外在的成功，到了這樣的年歲才知道，比起功成名就，內心的寧靜安靜如此難得，比什麼都重要。

原來，以前那些拼著命過的日子，都是為將來平凡安好的每一天鋪路。

原來，自己終究沒有辜負了青春，如今已經能夠仔細撫平每一道疼痛的傷疤。

原來，以前那些苦那些淚，都是因為年少的自己承受得起。原來，在還那麼年輕的時候，自己早就明白了一個道理：

現在對自己狠一點，好過日後被世界狠狠拋棄。

不是年紀大的人

喜歡拿經歷過什麼來說嘴

是那些狠狠痛過的學會

總讓人記得特別清楚

感情是相互
麻煩出來的

某天突然發現自己總是在對別人感謝跟道歉，不記得是從什麼開始的，已經習慣活得如此小心翼翼。

真心話無法說出口，有脾氣也往肚裡吞。

你在人生的劇本裡把自己的角色設定成一個好人，不擅長拒絕別人，說話往往客套有禮。

在這樣的人設裡，你總是對所有人都很友善，但這樣的面面俱到卻又常常累壞了自己。

總是想得太多，擔心言行舉止惹人討厭，時時刻刻提醒自己凡事必須周全。

你的人生一刻不得閒，卻都在忙著成就別人的人生。

這樣的人生真的太累，你竟不知道究竟該如何進退。

在忙著討好別人的這些年，你真切地感受到自己其實並不快樂。

原本以為這樣的自己會有很多朋友，但那些靠過來的，

人要有來有往的相互牽拖才會有感情
妳不欠他　他就沒有理由一直存在妳的人生了

大多只是因為你好說話，只是因為面對他們的要求你總
是全盤接受。

牽絆著你們之間的，不是交情根本像是交易，你交出好意
他拿得理直氣壯，他的無本生意卻是你的賠本生意，你們
之間的友情根本不堪一擊。

在不冒犯他人的情況下，人與人之間的交際往來，當然
可以任意表達自己的喜怒哀樂。

而你卻甘願為了別人埋葬自己的情緒，行屍走肉，每天
過得都很場面。

對那些喜歡你的人太過客氣，反而感覺很疏遠。

對那些討厭你的人有禮貌，他只會認定你虛偽。

你刻意壓抑著自己的情緒，為了盡力做到良善每天坐立難
安，不敢展現真正的自己，那麼，別人要怎麼喜歡上真正
的你。

因為太擔憂會被討厭，你下意識跟所有人保持一定的距離，只要對人都客氣禮貌肯定會被所有人都喜歡，你是這樣想的。

該有的喜怒哀樂都用客氣疏離掩蓋，你成了一個沒有個性、沒有特色的存在，別人說起你時的印象就是：

是很客氣，但總感覺有點距離。

這樣日日夜夜拘束自己到最後只會疲憊不已，你其實也很想知道什麼時候才能放過自己，可以懂得輕鬆一點過日子。

總是太過客氣、有禮貌的人說穿了就是對他人無法信任，因為擔心自己真正的情緒對方無法接受，於是選擇了符合一般成熟大人該有的待人處事當標準：

與他人的交際一概維持表面上的客套。

更是因為預設了其他人肯定不容易相處、地雷太多、輕易就會被觸怒，所以才提醒自己要一直小心應對。

這樣的擔心，更多是因為太懂事的個性才會有的顧慮。

我有一位大齡美女友人，某次餐敘上聽著在座某位人夫感性地對著自己老婆說：「她這輩子跟著我吃了不少苦，很對不起。我以後一定…」時，感慨萬千。

人夫後來的發言她已經沒有聽進耳裡，反而開始放空忍不住聯想到自己。

「怎麼從來沒有聽過別人對我說『妳辛苦了』這樣的話呢？」

她皺著眉對我說，我微笑看著她，知道這時候不需要給出任何答案，果然她自顧自地又繼續往下說。

「因為我從來沒跟過別人吃苦，我這一路上全靠自己，沒有依賴過別人。」

她苦笑著自嘲。

「就算吃苦也是自己吃，沒有人知道。自然也就沒有人會心疼我了。」

「對妳夠有心的人，就會有一種奇怪的超能力。」

我看著她，緩緩說出我的想法。

「就算不是跟他一起吃過的苦，他也會一眼就看懂。因為有心，就能擁有這樣的能力去看懂妳一路以來的辛苦。」

她說一直談不了戀愛就是因為太怕麻煩，怕麻煩了別人，也怕別人來麻煩自己，別人的付出總是讓她渾身不舒服。

「我一直都是這樣，總是想東想西想太多。」

她自嘲的說。

我說太懂事的人都一樣，都很怕麻煩對方或讓別人多付出，深怕自己這樣接受了，就是在佔別人便宜。

但是，人跟人之間的感情正是因為相互麻煩了對方才產生的。

偶而還是要讓對方有機會釋出善意，這樣你們之間才會有牽絆，才會讓他覺得被妳需要，可以介入妳的生活。
她搖了搖頭說：「怕欠人。」
我說：「不怕，也讓他欠妳就好。」
人要有來有往的相互牽拖才會有感情。妳不欠他，他就沒有理由一直存在妳的人生了。
這就像是老人家說的相欠債的概念，但前提是必須是有來有往的互相，而不是吃乾抹淨單方面的奉送或要求。

我當然明白妳早已習慣自己處理人生中的大小麻煩，總是擔心麻煩了別人。
但他不想當別人，不想被當作妳不好意思麻煩的人，人跟人之間的感情是因為相互麻煩了對方才產生的。
所有的羈絆與交情是來自於你們朝朝暮暮的相處，還有那些曾經相互幫忙甚至相愛相殺的日常，這樣的情感交流是有來有往的，而不是單方面的予取予求。

交朋友跟談戀愛一樣，我們都不是算計用盡非要找到一個最完美的對象才決定讓自己的人生跟他產生連結。
而是想找到那個就算是看著彼此出糗，還是可以一起取

笑對方的人。

太過客氣只會讓別人不知道該如何跟你相處，無從得知你真正的喜怒哀樂與底線，而你也只能永遠忍氣吞聲囚禁自己真正的情緒。

我們都會有想要好好對待的人，可是討好跟對他好是截然不同的兩件事。

在對他好的同時，不要自以為是的取悅對方、更不期待一定要得到回報，這是討好跟對他好的最大差別。

討好的動力是因為想要被喜歡、渴望被肯定，這樣的情緒當然會帶給對方壓力，甚至會逼到別人想要逃開。

討好別人的情緒是種一定要得到回報的渴望，就好像投入了硬幣到販賣機，自然希望可以得到等價的物品。

純粹對別人好的心情是心甘情願的付出，不會期待一定要有回報。是沒有目的、沒有渴求的給予，比較不會帶給對方壓力。

過分用力經營的人際關係，會產生兩種截然不同的結果，不是得不到同等回報搞得自己心理不平衡，就是最後甘心情願被當工具人，不管得到哪一種結果，最後受傷的都會是自己。

討好的力氣要花在值得浪費的人身上，而自己顯然是其中最重要的對象。

所有人際關係不論親疏遠近，「合則來不合則去」是最好的裁定準則。

當你終於能明白在我們短短的一生中，真的不需要為了留住那麼多人際關係而傷神傷心，就能把日子過得從容自在，耗盡所剩的心力去討好最該好好相處的重要的人。

在對他好的同時

不要自以為是的取悅對方

更不期待一定要得到回報

這是討好跟對他好的最大差別

功高震主
是職場大忌

有個朋友在某家公司待了十五年，一路努力打拚沒日沒夜加班，她把最珍貴的青春都給了工作，沒有時間與心思經營任何私人關係，生活也過得囫圇吞棗沒有滋味。她毫不抱怨畢竟一切都是自己的選擇，而且還很享受這樣凌亂的人生。

打拚了幾年終於被提拔為部門小主管，更幸運的是，頂頭還有個相當欣賞她的部門主管。部門其他人與她合作愉快，這些小朋友也許在旁人看來不容易管教，倒是被她治得服服貼貼的。

就在前幾個月，這位欣賞她的主管表達了退職的意願，也向高層推薦她當繼任人選，只是公司內部人事命令卻遲遲沒有公布，日子一天天過去，同事間的耳語越來越多，所有的人都替她打抱不平。

她也很困惑，在如此漫長的時間裡自己從未逃避過承擔

職場不講黑白是非
他們要的不是一個不會犯錯有能力的好人
他們要的是可以乖乖聽話的自己人

責任，向來把工作擺在人生首位選項，這樣的專注與犧牲奉獻，高層不可能沒看在眼裡。

對於部門主管職缺她很有意願，這不光只關乎個人的野心想要躍上高層，更是對部門擁有深厚的情感、加上對未來發展有許多想法，以及執行上很有把握。

針對這個職缺放眼望去，這公司還真的沒有別人比她更能勝任。

在職場上要能事事順著自己的意願發展，並且隨心所欲生存下來並不容易，掌握正確情報無疑是重要的生存技能之一，而正確的情報當然要從有力人士身上取得。

某天午休時間，她約了業務部大主管共進午餐，企圖搞清楚阻擋自己的是什麼邪惡力量。

他起初迴避著話題閃爍其辭不願正面回答，後來經不起她苦苦相逼才說出實情。

公司高層不是不知道她能力好又肯負責、在部門內人緣佳，但對高層來說，她有個致命的缺點是：

「不受控」——也就是她不夠聽話，不夠聽高層的話。

有好幾次高層一意孤行下令執行的案子，她總是無所畏懼地反抗，毫不避諱指出弊端，雖然最後的結果都證明她的顧慮是對的，卻也因此擋了別人財路、打壞了原本要巴結的客戶關係。

她太聰明太能幹了，眼光精準替公司擋掉了不少可能的虧損，然而，**功高震主是職場大忌**，她卻天真地以為只**要一片赤忱真心為公司，毀了人際關係也無所謂**。

為什麼說功高震主是職場大忌？

身為老闆，或多或少都有著一股天生的優越感，相信自己比其他人都優秀，要不然今天當老闆的人就是你不會是他。

對所有老闆來說，員工可以能力夠強，但總要有某方面不能強過他。

面對能力不夠好的員工，在數落的同時往往滿足了老闆的優越感，他也許會對你發怒，卻不會真的討厭你。

反之，當你能力太強又有野心，更具備了改變公司的企圖時，老闆不只會討厭你，更會對你有所防備。

寬宏大度、樂見員工強大的老闆當然也有，偏偏她遇上的就不是。

除此之外，她此時的困頓還因為人生生存鐵律：「聯合次要敵人，打擊主要敵人」大大發揮了作用。

所有她得罪過的各部門主管自動自發大團結，全都放下平時的對立，一起聯手對付她。

不論是在哪個職場，在老闆面前有膽量又願意說實話的人總是太少，任意編派謠言落井下石的人總是不嫌少。

這些人突然默契十足像是排定了班表一樣輪流出手，有意無意在老闆面前數落起她的不是。

最後所有高層一致通過，決定從外部找個比較受控的人空降這個職務。

公司高層的職缺大多會是這樣的結果，不一定會輪到最努力的、表現最好的人，但一定會首先考慮最聽話、最能延續主管勢力的人。

諷刺的是，這樣的人卻往往不會是最有能力的人。

當她聽說事情居然就要這樣發展時大受打擊，原來不管你再有能力、就算件件事事都做出最對的決定，帶給公司最大的利益也不能保證你一定會升遷。

組織裡最優秀的員工往往不是第一個被升遷的對象，大多數的原因都是因為不夠討人喜歡，更正確的來說是不夠討主管喜歡。

職場不講黑白是非，他們要的不是一個不會犯錯有能力的好人，他們要的是可以乖乖聽話的自己人。

聽著她的困境，我冷靜分析當下的她只有兩個選擇：要嘛辭職走人，不然就是忍氣吞聲繼續窩在現在的位置。

這兩個選擇雖然相當絕對，但沒有那個比較對。

辭職走人當然帥氣又爽快，但她對部門放不下心、對未來就職沒有把握都是壞處。

留下來忍氣吞聲當然很讓人沮喪，更可能會瞧不起自己，卻是另一個逆轉人生的決定。

當你願意接受自己並不是戰無不勝，也可能會有挫敗的時候，就能坦然接受這次的失敗，敢於接受自己也會輸，才能好好面對自身的軟弱，才能再為下次的拼盡全力開始起跑。

選擇留下更可以趁機學會平衡人生的比重，學著把工作的份量放輕，再從其他方面找成就感彌補職場所帶來的挫敗。

人生每一次做出的決定都是一場豪賭。

面對未來，我們時常感到吃力，是因為錯以為會有最正確的決定。

以為每一道人生的難題都有標準答案，像是有人握著紅筆虎視眈眈等著挑剔修改我們的答案，寫下評分留下評語。總是在擔心會拿到不及格的分數，害怕得到最差的評價。其實，勇於承擔自己的決定，不看衰每一個未來，自然就可以讓這個決定成為最正確的決定。

思考了幾夜之後，她決定主動出擊，遞上辭呈表達堅定的離職意念，這樣的舉動完全在高層的意料之外。她的堅定不移逼得高層主動約談，談判過程中，他們企圖用責任感順勢綁架，讓她動彈不得，好拖延時間伺機找尋聽話的接任人選。

看穿了這樣拖延戰術的佈局，她根本感覺不到原本的憤怒，那樣在乎的情緒老早就清空。

無欲無求的人最大，她不哭不鬧不上吊，一字一句清楚完整表達了自己的不平，跟著瀟灑轉身走人。

她當然也會害怕、也對未來沒有把握，但是在不欣賞自己的公司繼續窩下去肯定也不會有美好的未來。

這個世界上當然無法事事公平，只是當不公平真的發生在自己身上時，我們還是會分外難以接受。

一旦被不公平的對待，一定要懂得為自己發難，一昧忍氣
吞聲只會養出慣老闆。

在職場上太過任勞任怨不見得會被感激或賞識，更多時候
只會被視為理所應當。

寧願被認定難搞也不要因為太好說話，讓自己的時間總是
被別人的瑣事虛耗。

遇上不合理的對待不出聲抗議，別人只會當你好欺負而
更加得寸進尺。

今天不是你吃虧，就是另一個倒楣鬼被佔便宜，總是悶
不吭聲接受，也別怪日後所有最難堪的差事都落在自己
身上。

她這場豪賭最終贏來了公司的尊重，賭上自尊，登上了
夢寐以求的主管職，更重要的是從此在公司地位大大提
昇，做出的決定也變得更加有份量。

這次的衝擊也讓她趁機檢討了一下溝通態度與方式。

試著在每次協調時放軟身段不帶怒氣，好好清楚明白表
達自己的立場與堅持，減少跨部門的衝突。

聰明的她升遷後不僅沒有擺出盛氣凌人的姿態，反而盡
力彌補公司內部破損的人際關係，也學著同理其他部門
的為難。

搶先示好的她讓那些原本對立緊張的關係得以緩和，她很清楚這些人還是會繼續討厭她，原本就不是同路人做不成朋友也不可惜，只求可以每天在職場那幾個小時和平共處就好了。

不論處在哪一種人際關係中，就算交情再好，一旦遇上了不公平的對待，就算再心疼沒有人可以替你出頭，為自己爭取是你最該勇敢起來的一件事。

你的好要對的人
才能知道

人心的複雜是人際往來讓人疲累的最大原因，我們都想當好人，卻無法預期或控制自以為的好意與良善，傳到對方身上時，他們感受到是相同的訊息嗎？

訊息的傳遞與接收之後連動帶出的情緒與反應，都會牽涉到每個人的成長過程曾經遭遇過什麼，怎樣的話題對他來說會是忌諱或勾起過去傷人的記憶，這些我們無從預判與知曉，正是因為這樣才造成許多無心傷害。

日本有一部人氣漫畫《貓之寺的知恩姐》，主角須田源為了升學回到小時候待過的鄉下住進遠親家的寺廟。

在這裡同時住著一位比須田源大三歲的知恩姐，跟很多很多的可愛貓咪。

在這部漫畫某一冊的劇情裡，須田源因為跟學校社團朋友之間的爭執而感到消沉。

回到家時，奶奶看著沮喪的他，對他說出這樣一段話：

一段感情要長久　無法只靠一個人的修養
更不該成爲你一個人的修行
兩個人同路也不能只要求你一個人沿途修改自己

就算是再好的人即使有在好好努力，在某人的故事裡也可能會變成壞人。

（どんなに良い人間でも、きちんとがんばっていれば誰かの物語では悪役になる）

我們無法精準掌握每個人的喜怒哀樂，也很難討好所有人。積極開朗的你總是對自己的人生負責、為了想要達到的未來不斷努力。

但這樣的拼命與努力，在一些觀念扭曲的人眼中，也可以成為討厭你的理由。

無法看破這一點，總是希望能成為所有人生命中的好人，最後只會讓自己完全壞掉。

在感情裡也是一樣的，要求自己成為最好的情人最後也只會累壞自己，更可能被貼上情緒化的標籤。

一再忍讓總有忍無可忍的一天，一再退縮也只會退到無處可退。

我們都只是普通人，有些情緒需要適當宣洩、適時排解。

老是叮囑自己要懂事，時時提醒要將那條底線拉起並踩牢，他一再把傷害當幽默，把踩踏底線當親暱，你卻還在壓抑不能回敬難聽的話語，擔心會傷到他的自尊。

越是親近的人越懂得怎樣準確傷到你，因為他太明白哪裡是你真正的痛處。

最初的忍讓成了最難以承擔的疼痛，百轉千迴的體諒卻造成自己情緒沒有出口。

你明白一旦把難解的問題說出口，這段關係就要毀滅，畢竟真話最傷人也是最難面對的現實。

你猶豫再三、還是不忍心吐出惡毒的字眼，可是這麼多年的懂事卻也早就讓你疲憊不堪。

你開始驚覺自己不快樂，看向他時也早就沒了笑容。

懂事的人總是比較吃虧，就連被傷了心也選擇在心裡靜靜流淚，不讓人發現。

總在擔心對方會受傷，無視自己早就懂事到奄奄一息。

談戀愛又不是懂事比賽，不能偶爾任性賭氣、不能在最需要的時候幫忙療傷的另一半，除了加重你的負擔，根本沒

有在一起的必要。

一段沒有辦法盡情做自己的感情裡，最讓人疲倦的是必須時時提防、總是提心吊膽。

時時刻刻小心翼翼，做什麼事都擔心牽動他的喜怒，習慣了把對方的情緒看得比自己的重要。

這樣不合理、傾斜的關係當然無法一起走到白髮蒼蒼。

你需要的是一段可以舒舒服服相處的關係，不必拿自己的快樂交換岌岌可危的幸福、不必總是用自己的懂事讓步換來有人陪伴的甜蜜。

一段可以讓你盡情做自己的關係，才能在相處的過程中讓你越來越喜歡自己，也會越來越喜歡兩個人在一起時的那個自己。

可以讓你盡情做自己的意思，不是你任意乖張喜怒無常都無所謂，是你不需要逼著自己獨立，偶而想要依賴也很OK。

可以在一段關係裡盡情做自己，是不必一直在意對方的脾氣，還得天天看懂他的臉色，更不必時時告訴自己吃得起苦的愛情比較偉大。

在愛情裡吃的苦都是委屈，夠愛你的人根本不會捨得讓你吃苦。

兩人牽手同行要到達的遠方，光靠一個人的好脾氣跟懂事，只會讓遠方漸行漸遠。

一段感情要長久無法只靠一個人的修養，更不該成為你一個人的修行，兩個人同路也不能只要求你一個人沿途修改自己。

舒適的相處要像空氣、像陽光、像水，存在的很無感、不會約束彼此，卻還是帶來滿滿的安全感。

對很多人來說，被愛的感覺是從一些非常微小或無關緊要的地方被觸動才開始的。在村上春樹知名的作品《挪威森林》中，Midori就說過：

「對某種人來說，所謂愛是從非常微小，或無聊的地方開始的噢。如果不從這種地方開始的話，就無法開始。」

心動的一開始，是記性不好的他總會記住你的喜歡或討厭，是他在你任性的時候還是笑著接受，是感受到的各種寵溺才讓你毫無能力抵抗。

然而，對你來說，感受到「不被愛」，也是從一些非常微小或無關緊要的地方被忽視才開始的。

對於你的慌張他開始習以為常，眼看你對未來的不安卻片面決定只是胡思亂想。

忍了這麼多年才能真正說出自己心裡的害怕，那厚實的雙手曾經穩穩接住你的淚，現在他卻成了你落淚的理由。當你正視了這個轉變時，你才真正從「相信愛情可以克服一切」這堂課畢業了。

愛情當然不能克服一切，不管多相愛，在面對困境時，兩個人都願意一起面對的決心才是能克服一切的力量。

走到分手這一步，無法避免會聽到「你很好」這樣一句話。把「你很好」這句話說出口是分手的前奏，一旦出現這樣的關鍵字就該明白自己即將要面對的是什麼。

情場打滾了這麼些年，我們都聽夠太多冠冕堂皇不適合的理由，現在已經搞懂相處多年之後的分手真的不是因為誰不夠好。

不是你不夠好，是你的好要對的人才能知道。

以往對珊珊來遲的人難免發過些牢騷，經歷漫長等待、幾回錯認延宕至今，這才恍然大悟人各有命，而命本身就是不講道理的，緣分的算計更是因人而異。

感嘆最盛開的歲月遲遲未曾碰面，那是命運正著手調度為這段相遇開路。

要把總是迷途的你跟一直徬徨的他領到同一個方向，才好看見彼此。

你所埋怨的遲來已經是他最不遺餘力的趕赴。

在已經不清楚等待了多久的日子之後，當過去那些傷痛你都再也不計較，總會有一個人好到讓你戒也戒不掉。

你很好只是對的人還沒來到，你的好會讓他捨不得把你放掉。

除了他再也沒有別的更重要，你們要成為彼此在荒蕪人生裡的依靠。

只要到了最後是你，只要到了那一天你會來，我不介意再多幾年的等待。

你很好，我很好，我們一起這麼好，我的人生裡，幸好你最後終於還是來到。

感嘆最盛開的歲月遲遲未曾碰面

那是命運正著手調度為這段相遇開路

要把總是迷途的你跟一直徬徨的他

領到同一個方向　好看見彼此

你所埋怨的遲來

已經是他最不遺餘力的趕赴

三十歲
不過如此而已

三十歲有種特殊的象徵意義，它像是個分水嶺，在越過這片山丘後，彷彿就該成為個大人沒得商量。

沒有回頭路，人生居然比我們想像中來得還要短。

不論過了多久，不管來到了幾歲，只要回頭看向當初未到三十歲前那幾年的心慌、不知所措，總會讓人心疼到發笑。

簡單來說，那是擔心自己「過期」的害怕，只是這有效期限也不知道是誰多事幫忙拓印上的。

過了三十，日子會突如其來像光速般往前衝刺，快到讓人忍不住頻頻回望年少青春時，慘白純真的自己。

過了三十，好像每個決定都注定成為後悔、每次心動都彌足珍貴，那不顧一切戀上一個人的傻勁，過了這個年紀就會慢慢被自己扼殺。

本以為過了三十，就比較不容易再犯錯，後來才弄懂那是

不管到了幾歲你的心始終不死　不讓自己甘於將就
　　　　　　　你人生的選擇要最講究

因為我們通通變得膽小，沒辦法再像從前那樣勇往直前。
面對現實，你要考慮的因素太多，要不要跟一個人交往
居然可以從分析對方條件優劣開始，光是自己居然會產
生這樣的念頭就非常值得發出空襲警報。
你對自己大失所望，什麼時候在不知不覺中竟然變成了
現實的大人。

在觸目可及的前方高高矗立著想像中成功該有的模樣，
那是一個分分秒秒催促著自己要努力趕上的人生進度。
你忍著沒有停止過的腳痛，踩上霸氣外露的高跟鞋，推
開一個又一個大樓旋轉門，熬了多少夜、堆起了無數的
笑臉、忍氣吞聲過多少回，才能順利拿下一個又一個合
作案。
以為可以變身成挺像一回事的大人，卻怎麼沒有最初想
像中的那麼快樂。

談了幾次戀愛當然也失了戀，丟了幾雙弄痛你的鞋，離開了幾個傷害你的人，卻還是沒有學會該怎麼好好談一場戀愛。

不管去到哪裡，整個世界都在提醒你，快過期了，趕快找個人定下來。

但你最大的為難是：

還不肯定自己要的是什麼，只知堆在眼前的肯定都不是你要的。

靠著這樣模模糊糊的念頭支撐自己做出每一個決定，過起差不多的人生，一直到跟想像成為的大人差太多時，才警覺自己是不是就快要出事。

人生跟愛情是一樣的，你從原本的菜鳥到被稱呼姐已然不痛不癢，從總是到處惹麻煩到四處幫忙解決麻煩，角色更迭替換一路跌跌撞撞來到了今天，所幸沒被汰換的是你的天真。

你還是相信愛情，就算別人都覺得這樣太傻。

你依舊信任人性，即使頻頻被放暗箭。你不害怕付出，就算一次次都被辜負。

不管在台北住了多久，你始終練就不成台北女生那種帶著渾然天成自信的樣子。

繁忙的生活裡驚心動魄的警報不曾輕易放過你，在猝不

及防時，會從心裡觸發瞬間貫穿全身。

可能是第八場你參加的朋友婚禮，或者又是誰家寶寶請了滿月酒。

你早就備齊一套這樣場合專用的禮貌與微笑，應付那些總是要你加油的催促聲，卻還是會有不死心的路人像唱詩班齊聲追問，你到底什麼時候要追上別人的進度。

人生這麼長，你還不明白哪裡是該筆直前去的方向，深怕又是一場徒勞。

人生又太短，更不想親手葬送快樂陷自己於不義，就只為了讓旁人滿意。

結婚這件事說白了，根本算不上是一種保證，更像是一種交代。

對身邊那些關心的眼光交代，只是這樣的交代更像是為了讓八卦耳語通通閉嘴，將自己的幸福輕易賤賣。

長輩們總說，結了婚至少身邊有人陪、至少不會是孤單一個人。

他們沒說的是為了擁有這些「至少」，必須得拿多少妥協去交換。

看著身邊走入婚姻的朋友們，你實在無法說服自己他們真的都很幸福。**就算是那些當初嫁給了愛情的，也承擔著有一天可能不幸的風險。**

生活的瑣碎抹去了愛情，責任的綑綁讓他們脫不了身，在又一個不成眠的深夜，他們都在懊悔，當初的自己為什麼輸給了寂寞，當初的自己為什麼堅持了這麼久後卻又心軟。

大人都說現在的年輕人就是逃避責任，不願意成家也不願意生孩子，那是他們沒搞懂選擇單身才是最負責任的一件事。

你對自己的心負責，不讓還不確定的自己因為一時不忍拒絕，輕易答應做不到的幸福。

不管到了幾歲，你的心始終不死，不讓自己甘於將就，你人生的選擇要最講究。

年紀越大會越清楚事與願違是人生常態，這樣的體悟反而讓人更希望可以自己簡簡單單過日子。

你不是被誰挑剩了，是你挑剔著自己想過的日子。

不是有人肯娶你就得嫁，不屬於你的世界融入不了只會徒留尷尬。

人生永遠可以重新開始，就算是過了三十，也沒有人可以逼迫你完成任何進度。

不擔心被時間趕上的人，才能真正從容面對時間。

不過三十而已，你的人生還很長。

不過三十而已，你還要多花點時間搞懂自己的想要。

正因為人生很短暫，你的這輩子可不能敷衍著草草收尾。

人生說來也漫長，所有的失敗都只是預演，為了迎向那一次的成功。

在這樣短暫的人生裡，快樂只有自己給得起，別再仰賴別人有所改變，自己才能快樂起來。

不管到了幾歲，永遠要給自己重新開始的勇敢。

三十歲，不過如此而已。

愛情裡的善良
不必忍氣吞聲

當聽說一對交往多年的伴侶分手了，因為好奇心使然，難免會追問原因。

雖然知道原因對於結果並不會有所改變，再說涉及別人的感情生活又何必硬湊熱鬧、揭人瘡疤。但，還是會不小心脫口說出這句讓當事人尷尬的問話：「為什麼？」

身為當事人，你會如實說出分手的原因嗎？

一旦把分手的原因說出口肯定不會有好話。

說了當然不會改變現況，但光是圖一個宣洩情緒的痛快，似乎很值得讓人大說特說。

可是，提及真實的分手原因勢必涉及難聽的話語，畢竟是愛過的人，真的有必要如此貶損對方嗎？

如果是提分手的這一方，無論如何就避不開必須解釋清楚的壓力了。

有些善良的人為了讓對方好過，不想說出傷人的事實就

你當然應該做個在愛情裡善良的人
但別讓他人甚至自己利用這份善良踐踏真心
如此沒有底線的善良　只會讓得來不易的愛情
最終屍骨無存　最後下落不明

會憑空編派理由，像是：

我想是我太愛自己了。

是我不好，錯不在你。

被分手的人在最脆弱的時候，聽到這樣不著邊際的「文青體」，往往會意外地坦然接受。

就像是遭逢船難在大海漂浮多日早已體力不支，隨時都可能會溺斃的你眼前突然出現了浮木，哪有輕易放手的理由。

只是，那樣的說詞真的可以拯救你嗎？

還是說，只要撐過當下的窘境，就可以讓自己消除被否定的情緒，真正的理由是什麼都沒有關係？

那個對方隱忍著沒有說出口的真正原因，那個致命的事實、非要離開這段關係的理由，被分手的人似乎並不見得真的想要聽到。

許多人消極地認為知道了也不能改變事實，更何況事實常會殘忍到讓人無法直視。

所以才會有這樣的鴕鳥心態：

只要在江湖上謠傳的原因，錯不在自己就好。

因為要好聚好散、因為要分手不出惡言，善良的人往往很願意配合演出這場分手解說大會。

仔細想想「分手不出惡言」這句話，真正的用意是不想衍生過多麻煩，讓分手後兩個都需要療傷的人，展開新生活之際可以切割乾淨，盡快恢復平靜，各自回到自己的世界如常過日子。

更別提大多數的人都怕麻煩，耗神傷情去爭執分手到底誰對誰錯，對於復原根本沒有幫助。

再說，不管是再親密的兩個人對一段關係中的好好壞壞，感受也不盡相同。

只是「分手不出惡言」也代表就算走到最後一步都不可能會聽到事實，那個讓他頭也不回，一秒也不想多做停留的事實。

不幸遇上了渣人的你肯定也想過實在是太不甘心了，就算會拼到兩敗俱傷也要揭穿他惡毒的真面目。

但，除非你有鐵一般的證據，可以給對方致命一擊，否則各執一詞的結果只會成就怒目相視的冤家。

被指控的一方不會輕易認罪，指控的這一方最後也身心俱疲。

更多的狀況是犯了錯心虛的一方會吵得特別兇，因為他不服，正所謂「做賊的喊捉賊」。

被分手的一方不甘心的原因很多，自恃甚高卻被分手肯定接受不了，自己都降尊紆貴依然留不住這段感情。

我願意委屈求全繼續愛你、你卻只想打包走人。

分手之後越是四處訴苦的肯定就是被分手的人，他心中太多疑問太多憤恨不平，總是要藉由說說對方一些不是，才能抒解心中的鬱悶。

這是健康的情緒宣洩，只要不過分抹黑中傷對方，其實都在合情合理的範圍之中。

但如果是被惡意傷透的狀況下，還要被高道德標準要求「分手不出惡言」，那實在是太過欺負人。

做個在愛情裡善良的人並不代表被惡意傷害了，還必須忍氣吞聲。

開誠布公向全世界宣告他的醜惡，不光是為了傷害他痛快報復，更是為了徹底死心斷了自己再回頭的可能，才不會一再心軟接受他的道歉，原諒根本不會悔改的人。

你鐵了心要斷得乾淨，要搖醒自己別再縱容他糟蹋你給

出的愛情，為了這樣，不惜讓大家都知道你是如何看走了眼，曾經愛上一個糟透了的人。

你更是想要提醒將來可能像你一樣太天真的人，傻到相信人可以被改變，傻到相信愛情裡的渣願意真誠以待。

善良不代表好欺負，善良也可以不好惹。

善良最終的目標應該要善用在自己身上，就算在愛情裡也是一樣的。

太過善良總是縱容對方、在每一次的爭執中一再退讓，都不是一段健康的關係裡該有的相處方式。

兩個人之間不需要誰永遠佔上風，更不是要誰比誰強勢，而是要找出你們獨有的相處模式。

你慣我一些，我讓你一點，是這樣相互的包容與付出一點一滴交疊出對彼此的不捨與心疼。

人性是貪婪的，光是單方面的給予不懂得適可而止只會慣壞愛情。

人性也是健忘的，只有你一個人的無怨無悔，將來這份愛情就會回過頭來加倍為難你。

你們聯手毀掉這段愛情，他的理所當然是最大幫兇，你的隱忍更一手造就他成為不懂珍惜的累犯。

你當然應該做個在愛情裡善良的人，但別讓他人甚至自己利用這份善良踐踏真心。

如此沒有底線的善良，只會讓得來不易的愛情最終屍骨無存，最後下落不明。

一段關係結束了，你最不該做的事就是每天逼問自己，到底哪裡做錯了。

一段關係走到了盡頭原因當然很多，但不會光只是一個人有錯，就算他真的錯的比較多。

其實在結束之前，關係中的兩個人早就心知肚明，明白這段感情是在哪個環節開始出錯，只是你們始終沒有正視其中的問題。

停止為一段感情的失敗尋找戰犯，甚至不停怪罪自己。

很多時候捨不得離開的我們，其實是捨不得那個曾經那麼開心、幸福的自己。

你想念當初那個愛得勇敢、愛得無悔的自己，放不下那個和他在一起時的自己，因為那時的你最美好。

但親愛的，你是知道的吧，人生還這麼長，你肯定可以變得更好。

只要你願意讓自己放手去做，試著去找回自己。

讓最初的自己告訴你，當初你要的是一份什麼樣的愛情。讓最初的自己告訴你，你當然值得更好的別無二心。

放手之後轉身看過去，你才會發現天空有多大、世界原來這麼美，你別再讓一次的錯愛耽擱。

原來，自己值得最美好的從今往後。

一別兩寬，各生歡喜，自此而後，他的悲喜離散都再也與你無關了，可喜可賀至極。

善良不代表好欺負

善良也可以不好惹

善良最終的目標

應該要善用在自己身上

就算在愛情裡也是一樣的

沒有人想要天生懂事

長成大人這一路來聽多了「懂事」這樣的稱讚，你並不引以為傲。

你的懂事不是天生的，你的懂事比較像是一種物競天擇後的自然進化，只是一種生物為了讓自己能順利活下去，不得不的生存選擇。

孩子其實都看得懂大人眼神裡的情緒，偏偏大人都以為自己掩飾的很好。

從小見多了大人臉上各式各樣不悅不屑的神情，早讓你練就一眼看懂他人臉色的好本領，學會把所有厭煩與嫌惡都看進了心裡。

只是，那時還如此年幼的你怎麼承受得了被最親密的家人嫌棄，你一開始還會努力尋找原因，想搞懂自己到底哪裡做錯，必須要趕緊改正才行。

過去那些事與願違都是提醒
提醒著這世間也許無法盡如人意
更不可能每個人都愛你
但我們也不該總是默許別人的惡意肆意進犯

長大以後你才懂得，你根本沒有做錯什麼，應該是說不
管你有沒有做什麼都注定要被討厭，光是你的存在他就
打從心裡生厭。

這樣的成長經歷造成你總是擔心自己讓別人為難，擔心
自己是別人的麻煩。

**為了不成為誰的負擔，你努力只讓生活為難自己，總是自
己麻煩自己，這樣至少不必再看見揮之不去的嫌棄眼神。**

每天小心翼翼觀察四周氣氛的變化，學會在最即時的那
一刻討人開心。

在你這樣背景下長大的孩子，最後就常會被大人們稱讚
懂事又乖巧。

分明那些會讓大人開心的事你做起來一點也不開心，不
管是考試一百分或是認命聽話。

在這樣的壓力下，你學會把情緒妥善藏起來，更記得要

收好自己的想法，不再堅持自己的喜惡。

你是這樣把日子過下去的，時間一久也就不再堅持表現真正的自己，後來才發現這樣逃避的結果，好像讓你連最原本的自己都快要失去了。

在這樣陰影裡長大的孩子，所學到的懂事是扭曲的、更是委屈卑賤的。

他們一直以為人生會這麼糟是因為自己太糟糕，對於這樣糟糕的自己實在太過厭惡了，使得他們在面對人生困境時會選擇直接放棄掙扎，以為自己的未來早就注定好了，不可能還有機會可以改變。

一旦甘於沈溺在無法改變的命運輪迴中，甚至也可能讓自己將來在不知不覺中成為了毒害下一代的加害者。

這樣扭曲懂事、在自責中長大的孩子一開始並不明白，其實每個人都有可以改變自己人生的能力，只要你願意，當然可以扭轉命運。

漫長的人生中我們會遇見很多人，並不是每個人都會帶著善意對待我們，這其中當然也包括親生父母，被惡意對待不表示你就是個不夠好的人。

不被寵愛、總是被責備甚至挨打不表示你只能夠這樣被對待，你不必用頹壞的人生來證明自己根本不值得被愛。

不要因為起點是悲劇就覺得根本無能為力扭轉，你當然可

以過著順遂如意的人生，靠的就是自己夠竭盡全力。

夠努力的人生可以讓你懂得未來是能掌控的，你會開始喜歡自己，不吝於展現值得被喜歡的種種，如此一來，才不會顯得那些善待你的人太過突兀。

你開始喜歡自己也就會相信原來那些人並不是假裝喜歡你，他們不是為了擔心你難過而刻意接近你、善待你，是你真的值得好好被對待、是你原本就很討人喜歡。

那個總是擔心會被傷害、最原本的自己其實都沒有變，他只是受夠了傷，暫時躲了起來。

當你終於允許自己不再忍住眼淚，當你開始學著可以多任性一些些，當你放心地快樂起來接受內在的小孩，就可以找回最初的你。

原來偶一為之的任性不是不被允許的罪大惡極，愛你的人會喜歡你小小的任性，那是一種夠放心、信任對方的表現。

原來明天並沒有那麼可怕，還是會有好事發生，還是值得期待的。

明白內在的孩子值得被人喜歡，會讓你敢於表現最初的自己，更會慢慢明白很多道理。

你明白了逼著自己多參加幾次聚會，也不會讓朋友更加

喜歡你，朋友之間的感情靠的是平常的累積，不是勉強的遷就。

你想通了一昧聽話懂事為別人解決問題，無法讓別人擔起他該負的責任。

你的懂事不是拿來被喜歡的，應該是拿來被心疼的，他應該要懂得你的懂事是拿多少退讓與自責換來的。

愛你的人不應該覺得你是麻煩，應該在你客氣生疏不願意麻煩他時感到害怕，那表示你已經把他當外人了。

一開始遇見了這些善待你的人，你無法接受也不敢放心相信。

你當然很難理解為什麼有人會不求回報地付出，畢竟從小到大身邊淨是些崩壞的大人。

被囚禁在黑暗中太久的人無法直視光明，那過於耀眼的希望會弄傷雙眼。

後來你才明白過去那些事與願違都是提醒，提醒著這世間也許無法盡如人意，更不可能每個人都愛你，但我們也不該總是默許別人的惡意肆意進犯。

善待自己是你一生的課業，總要先做好示範，讓身邊的人明白你無法輕易被打發，讓他們都懂得該如何好好溫柔善待你。

堅強是你
說了一輩子的謊

作　者｜艾　莉
繪　者｜有隻兔子
發行人｜林隆奮 Frank Lin
社　長｜蘇國林 Green Su

出版團隊

總 編 輯｜葉怡慧 Carol Yeh
企劃編輯｜鄭世佳 Josephine Cheng
行銷企劃｜朱韻淑 Vina Ju
封面裝幀｜木木Lin
版面構成｜譚思敏 Emma Tan

行銷統籌

業務處長｜吳宗庭 Tim Wu
業務主任｜蘇倍生 Benson Su
業務專員｜鍾依娟 Irina Chung
業務秘書｜陳曉琪 Angel Chen、莊皓雯 Gia Chuang

發行公司｜悅知文化　精誠資訊股份有限公司
　　　　　105台北市松山區復興北路99號12樓
訂購專線｜(02) 2719-8811
訂購傳真｜(02) 2719-7980
專屬網址｜http://www.delightpress.com.tw
悅知客服｜cs@delightpress.com.tw
ISBN：978-986-510-148-0
建議售價｜新台幣360元　　　首版一刷｜2021年05月　　　四刷｜2021年07月

國家圖書館出版品預行編目資料

堅強是你說了一輩子的謊／艾莉著. --
初版. -- 臺北市：精誠資訊股份有限公
司, 2021.05
　面；　公分
ISBN　978-986-510-148-0(平裝)

855　　　　　　　　　　　　107005421

建議分類｜心理勵志、勵志散文

悦知文化
Delight Press

線上讀者問卷 TAKE OUR ONLINE READER SURVEY

大人世界裡的謊，
都是為了讓別人
心安理得的活

―――――《堅強是你說了一輩子的謊》

請拿出手機掃描以下QRcode或輸入
以下網址，即可連結讀者問卷。
關於這本書的任何閱讀心得或建議，
歡迎與我們分享 :)

https://bit.ly/3rxJfNy